黄永玉

作品

不给你音樂聽！

黄永玉

黄永玉 2019·4秋

不给他音乐听

黄永玉————著

作家出版社

目录

代序 | 不给他音乐听 —————————————— 001

流光五十年

屈原、湘西和旅游 —————————————— 009

清沙湾灰阑 ———————————————————— 022

速写因缘 ——————————————————————— 036

古今多少事，渔唱起三更 ———————— 060

往事模糊芦花岸
　——香港九华径的一些回忆 ———————— 073

流光五十年 ———————————————————— 088

出恭如也 ——————————————————————— 092

我心中的"列仙酒牌"
　——一个不喝酒的人对酒的看法 ———— 099

华彩世家

巴先生 —————————————————— 133

华彩世家 —————————————————— 138

《华彩世家》碑文外记 ————————— 143

清流绝响 —————————————————— 149

暮鼓晨钟八十年 ——————————————— 153

一梦到西塘
——悼王亨 ————————————————— 163

给庞壔的一封信 ——————————————— 168

给皮耶罗的信
附：黄永玉《沿着塞纳河到翡冷翠》意大利文版序言 ———— 172

小朋友记事

德国的阳光和星空 ————————————— 185

物质还原 —————————————————— 205

"我想不到的长寿秘诀" —————————— 210

水、茶叶和紫砂壶 ————————————— 216

别吓着机器 ————————————————— 224

小朋友记事 ————————————————— 231

想 ————————————————————— 235

爸爸们的沧桑 ——————————————— 240

代序

不给他音乐听

六七十年前听来的故事。再不讲出来，以后就不会有人再提起它了，等于和我一起湮没在世界之外。我不可惜，我肚子里好多故事，尤其是好多笑话可惜。这是没有办法的事。

我有个老朋友，头脑比我稍许差一点；长处却是记性好。我讲的笑话，我熟悉的一些有趣的事，我的熟朋友……他会记得住，写在自己家用账本上。哪天有用就端出来。有的写书，有的给人当"相声"材料。

有一天，全国文联通知我：明天参加大会。大会要我批萧乾什么呢？他送过我一本《英国版画选集》，在香港买过我两次木刻，大概七八张（听说我穷），介绍香港大学校长施乐斯给我在港大开了个木刻展览。

这好像没有伤害我，也没有对不起我的地方。也没有看出对社会有什么伤害。

大会形势严峻，不说两句是不行的。熬到天亮，好不容易找到个声讨题目："他喜欢结婚。"

发言最后是警告他："一定要痛改前非，重新做人。"

我当年的幼稚其实跟现在的浅薄完全一样："痛改前非、重新做人。"岂不是当众鼓励他再来一次结婚和离婚吗？

不知过了多少年，在怀仁堂参加文代会，我们在小便所遇上了。

问讯他：

"干吗不找我们玩啊？"

他回答："你们都把我当西门庆了，有什么好玩？"

风风浪浪。

有一年，我女儿在哈佛大学参加欢迎中国文化代表团的会上看见了他，叫他一声："萧伯伯！"

"唉！没想到在这辈子还能见到你们黄家的人！"他说。

冬去春来，终于，我们能和好如初，直到在香港读到《尤利西斯》，打电报向他祝贺。他去世时我们在意大利和西班牙，没能赶上追悼。

一位老文联朋友告诉我："要你去批判萧乾，是你的那位老朋友某某推荐的。"

上个世纪六十年代下旬，又听到这位老朋友对我的揭发。

内容两个：

一个是关于斯大林的笑话。

一个是五十年代在中央美院宿舍大雅宝胡同宿舍里招待过国民党时期的县长和国民党时期的师长吃了顿丰盛的午饭。

斯大林那个笑话很好笑，幸好在六十年代中，要是早几年就麻烦了！

县长和师长吃我家那顿丰盛午饭是事实。两位都是家父的同学和好友。当县长的一共当过九任不同地区地点的县长。妻子在家乡一直住在东门外河边清沙湾土墙屋里纺棉纱过日子。是中国文化的明星"南社"的社员。解放初一直在北京北海中央文史馆做馆员。当师长的，抗战初期闻名全国的嘉善保卫战，牺牲了几千湘西子弟，就是他跟顾家齐领导的。解放前夕在湘西沅陵做过的一次大功德，至今老百姓一直没忘记他。他是解放后的省政协委员。

一位县长，一位师长，年纪都大了，在饮食风度上难见出特别的光彩。只有我这个朋友正当食欲和肚量互争短长的盛年，开心地像给他祝寿一样，把这顿午饭吃成个大满贯的场面。

别小看我家这顿五十年代的午饭，为了证明他自己的确是个多情种子，连饭桌上当天的炖牛肉和南雄板鸭、炖蛋都一字不漏地写在揭发材料上。

后来，我们就不再来往了。听说他一直要找我，不晓得他挂念我什么。

我禁不住由此而常常想起一个外国故事。

一个稍微有点钱的单身汉，在一座长满绿草的大山坡上盖了一栋讲究的房子。没想到住下的第二天大清早他就烦恼了。让一种特别的声音吵醒，天天如此，怎么过日子？

早晨五六点钟，一个身体强壮快乐稳定的年轻牧羊人，会把一百多只羊撒在这座山坡上吃草。还在他的窗口迎着早晨的太阳大吹号角。

单身汉清楚，房子是他的，外头长满绿草的大山坡是大家的。

号角是牧羊人的，他爱什么时候吹就什么时候吹。山下住着的老乡们，男女老少最喜欢清晨半睡半醒的时候远远听年轻牧人的号音，有一种到老还让妈妈哄着睡觉的感觉。

上派出所讲理？准输；公安人员大多从小听号角长大。

打架？先照照镜子看看自己再说。

于是、于是又于是……

单身汉打开窗子，在窗台上摆了一瓶红酒，两个杯子。

牧羊人赶着羊群上坡了。开始吹号角了。单身汉面带微笑耐心等待他把号角吹完。倒满两杯酒，一杯给牧羊人：

"早上好！"

"早上好！"

第二天，牧羊人吹得更起劲。又是：

"早上好！"

"早上好！"

第三天，第四天，一直那么"早上好！"了一星期。牧羊人问了：

"我牧我的羊，我吹我的号，代代老规矩，为什么你大清早起来和我干杯？真不好意思！"

"你怎么这么说话？你天天演奏这么好的音乐给我听，我会是个狠心不懂报酬的人吗？你不想想，每天那么早起来究竟是为了谁？"单身汉说。

"唔！"牧羊人懂了。

牧羊人仍然天天早晨吹他的号，跟单身汉天天干他的杯。

忽然一天早晨放酒瓶酒杯的窗口关了。

牧羊人心想：

"他有事进城了吧？"

照例仍然吹他的号。

窗子就那样一天天地关着不再打开。

牧羊人感觉到什么地方出了问题，或许碰到个艺术上的负心人。以后甚至不带号角牧羊了。

同村的老乡问他为什么不吹号角了。

"不给他音乐听！"牧羊人说。

我有时也想念我那位朋友。我是牧羊人，朋友是那个单身汉；有时对调一下，我是那位单身汉，而那朋友是牧羊人。

想来想去，积下的情感淤泥是很多的。

二〇一九年七月十七日夜

流光五十年

屈原、湘西和旅游

风凰飞腾，继以日夜。

——《楚辞》

屈原《离骚》中，许多部分提到两千多年前湘西的独有的风物。沅芷澧兰固不必说，"兰膏明烛，华镫（同"灯"）错些（读"索"［平］）"的美丽词藻，在湘西年节中，至今还能见到具体的明证和实感。

在对待祖国文化宝库的态度上，我像法国十八世纪那位启蒙运动大师狄德罗笔下的雅克，是个"承认既成事实派"。比如说二十多年前《兰亭》书法真伪的论战，我就很惶恐，唯愿已经光耀了千多年的国宝别让论战给否定了。后来又有人提到屈原的作品问题，我也是这种心情。"是"，不是比"不是"好得多吗？多一些"文化实体"总是好事；左削一下，右削一下，越来越少，不免令人感到萧瑟。

自然，我这种态度是不认真的态度。我知道要不得。"凡事就怕认真二字"，我就是个"怕认真二字"的人。幸好，我不是搞考据的，只是个人遐想，何况这毛病是从小养成。唯祷大家从现在开始，事事认真，为我们两千年以后做考据工作的子孙们少添点麻烦。

还是要说屈原。他是秭归人。屈原犯错误下放却溜去探亲，姐姐赶回来送别之后，后人为纪念这件事才起了个新名字。

我不免这么想，屈原什么时候去的湘西？

是千里江陵一篙直下洞庭，绕湖大玩一通才进入澧水沅水流域的湘西，待了相当长一段时候——春兰秋菊、女萝薜荔以及"还傩愿"祭典和结橘柚的冬日，越来越想不开，才由辰河买舟入洞庭，绕至汨罗，"扑通"跳进水里去的呢，还是干脆直接从秭归经川东走旱路进入湘西，再顺水而下洞庭，扑通跳进汨罗江的？我希望是后者。因为这省事，不来回绕路；何况湘西的生活那么好玩，那么有意思，创作欲望正盛，顾不得死。到了洞庭滨湖一带，烟波浩渺，四顾无人，看看又过了一年多，不如死了算了，于是这才"扑通"一声跳了下去。

要是有人在旁边，他是不会死的。一来人家会救他，二来有人会劝他，同情他，使他感到些微"下野"的人生乐趣。

这是走着走着忽然间下的决心，首先要周围没有人。那时的汨罗江边应该是个"独怆然而涕下"的好地方。

我没有铁板钉钉的论据，何况死的路线也不是什么重要的问题，有如跳水之前先起左脚或先起右脚跳的问题一样。

总之，屈原这人辞赋作得那么好，又是个政治遭遇坎坷的人，才高和寡，脾气一定好不到哪儿去的。纪念他，是对楚怀王的一种抗议，一种热热闹闹的抗议，一种政治性很强、化悲痛为欢乐的群众运动。倒是两千多年前有人这样惊天动地地描写了我们的家乡的风土人情，使我动不动就要抬出屈原来为我们的湘西吹牛皮。

其实几十年前，湘西是个土匪窝，一个新式土皇帝盘踞在他的首府凤凰。谁来打谁，倒有个几十年的小康局面。他拥有自己的枪炮工厂、军用皮革工厂、军事学校、几个师团的部队。住在全城最高的山上。

孩子们从小就练枪练炮，扭打厮杀，培养轻死生、重道义的德行；现代文明中除了克虏伯的枪炮之外，没见过什么外来东西。

人们知道水车、碾盘、磨盘、纺车团东西之外，没见过自行车和汽车。

我是十二岁到外头读书，才掌握世界上的梨和桃原来竟然也有甜的这项知识。

不开公路，免得外头人打进来。

那么偏僻，那么落后，以至书本上提到的封建、残酷、死亡、贫困、无知、蒙昧……我都是亲身经历。有人打趣地说："进你们湘西得踮着脚，脑袋左右提防，说不定什么时候就找不到自己。"话挖苦得很，却是真的。

三十多年前，我已经长大成人了，回过一趟家乡。

我坐着木船沿辰河上行许多天。天亮启碇，天黑下锚，半路住码头边吊脚楼客栈里。黄昏后河街一带尽是灯火。卖酸萝卜、葵花子、南瓜子、清炖加蒜汁牛肉的浓烈气味……由近到远一片嘈杂的声音。

渔鼓、胡琴、月琴、大筒、唢呐、三弦的声音混合在一个个发育不全、长得像小老太婆的女孩子们唱的时调里。多少年来，我早就习惯那种强作欢乐的哀哀欲绝的声音；只是久违了，不免产生依恋的感情。朋友给我找来一位近八十岁的辰河高腔演员，话说不清了，却给我哼了大半夜的戏。我探索着谱在本子上，生怕失落那一点余痕。我终夜透过星星谛听河街那一片延绵的夜声直到天亮。

大清早，太阳蒙在雾里，眼前是一片亮堂堂的模糊朦胧。我跟着水手从河街石级下到河滩，惊起好大一片拍着翅膀飞

凤凰　一九五〇年

走的野鸭。

水程那么静，昨晚的场景简直一场梦。船行在两岸满是幽兰和芷草的辰河支流上。岸边时常见到正在轻轻唱歌的年轻女人洗衣。电影里也常见在河边唱歌的女人，她们都扯着嗓门做着表情大唱特唱。那是大地方的规矩，我们那儿的不兴。她们只敢轻轻哼着给自己听，就这样有时也脸红。若是发现过路船上有人正在偷听，歌声马上就会停止，并且做出一种生气的反应。

我知道这是两千多年前屈原走过的、歌颂过并遗留着文化芳香的老路。

历史的情感那么浓郁而现实生活又那么蒙昧苦涩，四五千年灾难的延续总该有个尽头啊！

我那时刚满二十岁，在一个小字本上写着：

"一条忧愁的河流啊！

有朝一日你将会

被火点燃！"

今天我已经六十岁了。我一直计划什么时候坐着小船再逆水上行十天半月那样的日子，访问我憩息过的、从苦难里复苏的一个又一个大小码头，看看久违了的黄昏和早晨。

我也这么想：为什么不请请国内外的旅游者到我们湘西

做客去呢？用这种古老的方式，一个码头一个码头地去见识见识我们人民翻了身的差别，用这种旅游的方式去认识我们生活中的深度变化。我们湘西当然有许多非常值得游览的风景"区"和"点"，但为什么不把这些"区"和"点"连接成一条"人文学"的、"社会学"的旅游线，让一些不赶热闹、品味特殊的旅游内行去看看我们值得骄傲的风景以外的、值得骄傲的人民的生活呢？

说"开放"，重要的是"心灵"的"开放"。开放是诚实的表现。人和国家，强大才会诚实。万里同志在一个会上说过一个很好的主意，大意是：

"办旅游要根据地方特色和民族特色。"

不管从战略还是战术来看，对旅游事业的发展都是意义深远的。

我们湘西土家族苗族自治州有十个县，几乎每个县都有动人的风景和不同的生活习俗，就是因为过去落后、交通不便，才保存了较多的地方风物和民族特色，现在倒变成我们办旅游事业的长处了。今天湘西有了公路、铁路，交通发展到了每一村寨，大力发展旅游事业的号召，免不了令人摩拳擦掌。

旅游，总不外是走走、吃吃、看看，体会体会自己地方原来没有的风物吧！要不然万里迢迢跑来跑去干吗呢？

听说有这么一个傻瓜到外国去办事，走在街上，一群外国孩子从没见过中国人，不免跟在他后面看热闹。他生气地骂了起来："小孩！我告诉你，我又不是外国人！要看外国人，回家看你爹去！"同行的朋友告诉他："你到了外国，就成为外国人了，人家自然跟着看你！"他蹦了起来："笑话！本人无论走到哪里，都是中华人民共和国的公民！"

唯愿外国的和中国的旅游者不像这位老兄才好，否则旅游事业就不好办了。

旅游事业是一个极复杂的问题。在大城市，飞机铁路四通八达的地方，建些大洋楼饭店，搞现代化设备是必要的。因为除了旅游，更多的洋人是来办事情，没有时间、没有兴致细细琢磨什么民族特点和风味这些东西。如果很快就能盖一批既现代而又民族化的饭店，当然更是令人佩服景仰。不过我看这是需要较长的时间的。

在边远的名胜地区，比如说在我家乡湘西地区，我看就不必搞多少层大洋楼和追求现代化设备了。第一，破坏风景的协调；第二，弄这些基建设备不容易而且难以维修保养；第三，不经济；第四，影响人文和社会的关系。

有的人并不清楚这些问题，遗憾的是，还能举出北京、上海、广州的大洋楼来做论据。如果这朋友光是说话，加上没有实权，批不了条子也就罢了；要是一位说话算数的地方伟人的话，那么，我这篇文章可就白写了。

利用地方特有的材料盖地方特有的招待所，搞特有的旅游活动，没有比这个更合适的办法搞旅游了。

我的家乡凤凰县，地处高原的末端。沿山"绣"着一圈城墙，北门城外一道逶迤的不窄不宽的清流。河上有石头条一根根竖起来的、让人从上头踩着渡河的"跳岩"。下游一座三拱石桥，原有近三十间高高低低挂在两边卖食货杂物的屋子。长而窄的运橘子甘蔗的木船穿梭，从桥洞下通过。天晴时，桥上许多屋子从窗口晾出一根根穿着红绿衣服的竹竿来。河流拐弯处叫"沙湾"（其实已经没有沙子），有漂亮的楼阁，有一座精致的烧字纸的白塔。沿河两岸是吊脚楼，后头是山，山上长着大树茂草，把山都盖住了。

城里头有青石板、红石板铺的路。"大跃进"那年搞什么"车子化"，用泥巴将全城的石板街盖得厚厚的，下雨天老百姓满身满脚的泥，几乎是全城泡在泥里，车子却一部也没"化"过。近年又重新翻修出来，掏通了石板底下原来的下水道。一城的石板路，木头和砖瓦盖的房子，黑瓦白墙里伸出的木香和橘柚花木果树，冬天下雪和春天下雨，城外远山的杜鹃叫，真叫人到哪里也忘不了。

地方的建设者，上下一心，对打扮风景名胜特别地有兴趣。办完国家大事之后，只要稍有空闲，脑子便放在这上头来。打扮风景名胜，他们讲究的是"味"，是"夺翠"。明知道搞"外国化"条件不够，就在"土"字上、民族特点上下功夫。几年时间，原有的逐渐恢复了，新的风景区也是一系列的民族形式。

对于旅游，他们有一套讲究。他们说，山城里的人见识虽少，心是热的，是真的。外头来了客人，我们拿"心"照拂他，拿自己出产的东西自己的品味款待他；不搞西餐搞土餐。旅游讲安全、讲卫生、讲文明；以礼服人，拿理克己；讲自尊、讲气节，费用要得公道，敲竹杠可耻。

所以在我们家乡过年过节特别热闹，狮子龙灯，锣鼓喧天。夏天划龙船也是男女一齐下手，满江沸腾。城里到处是井水，井边排列着新鲜竹筒做成的水勺供来往行人舀水饮用。（外头人叫这做"矿泉"，本地人听了好笑。）中秋节、端午节、"六月六"，三省边境十一万多年轻少数民族兄弟都集中在这个小城的一个山区处（四川、贵州）来赶热闹，在县城周围，东南西北，轮流着"赶场"（外面叫"赶集"）。

外头的客人逐渐晓得我们的节日习俗的日程了，来了也不显得生分。我们小城里孩子到底见过多少外国和港澳客人呢？

也不见得。好奇吗？干吗不跟着看看呢？一般地说，是不跟的。不是不想看，是为了礼貌。家长和学校的老师都关照过："不要跟，人家有人家的事，耽误人家不好！"

从古以来，湘西人的脾气作风就是这样的。真心真意地对待客人。很久很久以前，一百年还是五十年前吧，外地人到湘西凤凰办事，住到一家人家，因为是熟人介绍，便杀猪宰羊招待了他。十天半月，这家伙邪门起来，乘男主人都不在家的时候要调戏妇女。妇人告诉自己的男人，男人一点不动声色。又过了十几天客人要告辞了，前晚上喝了告别酒，第二天清早骑马启程。走到一个三四十里的山洼里，跳出一伙人，不分青红皂白，把他拖下马来按在地上，灌了一肚子猪粪牛屎，再把他拥上马背，送他上路。

错待了真诚，当然活该受罚。

城虽小，男女老少个个勤奋成为习惯，不搞投机取巧，知道好处是流汗得来。万一发现城内哪个搞了点不三不四的勾当时，全城都会传说耻笑。就拿上戏院看演出来说，买票进场，门口没有查票的，各按各的号数就座，从来没有白看戏的；要白看戏，也没有这个胆。

我们小时候玩捉迷藏游戏，眼睛从来不蒙布，轮到谁，谁就把眼睛闭起来。有时因为闭眼睛撞到墙，鼻子流血，额上起包，还闭着眼睛大哭，没想到这时候应该睁开眼睛。这些事，好像不太像真事了。

搞旅游事业，我以为也要一点这种真诚。是万里好感而来的朋友，是万里归来的同胞，对他们怎么能眼睛一红不认人了呢？这边握手，两眼就瞧人家口袋钞票，恨不得一把抢过来。量人家万里之外无亲无故，不会把事情闹大。这哪像搞旅游，是搞"抒油"，把人家的油全抒将下来，和巧取豪夺有什么区别？

六七位意大利外宾到一家北京著名的饭馆吃饭，一顿饭要了人家五六千，人家付了，但人家嘲笑我们一辈子。旅游收费和旅游质量是成正比的。首先是道德质量，是文明质量。撇开这些，谈什么"服务周到""笑脸迎人"？

搞旅游是一门高尚的大学问，不光能为建设增加经济力量，还要能促进世界文化科学的交流与繁荣，促进世界人民的友谊。这不是什么不容易懂的事，只是有部分人想到钱，把什么都忘了。

湘西地方不大，风景很有自己的特色，又是屈原老夫子旅游与歌颂过的所在，几条美丽的水与河岸是别处少有的。主要是我们湘西的民族风俗好，很适于搞一条龙旅游线，他们几年来正在精打细算进行关于旅游问题的实践探讨，要搞出一个在旅游质量和道德质量上都具有特色的湘西土家族苗族自治州旅游区来。

一九八五年十二月十二日

清沙湾灰阑

世伯田名瑜，字个石，是我父亲金兰兄弟和私塾同学，受业于凤凰洞庭坎上著名南社诗人田星六先生。

个石伯伯也是南社成员，是诗人、学者、书法家，道德高尚，心胸淡泊，是湘西老一辈人的道德学问精神代表。

我父母年轻时在凤凰分别担任过男女小学校校长，那时田世伯已在外面做了几任县长。有时年底回家乡小住，父亲便会带我沿北门城墙出东门，过大桥，进沙湾万寿宫旁边的清沙湾小巷去看他。

矮瓦房，小土墙，是幽雅的清沙湾最寒碜的建筑。屋子里有一小口火炉膛，小椅子，残破的衣柜，一架滑润之极的棉纺车。

二十年前我在农场填过一阕词，只记得首两句"忆昔日舐涕小花衫，惶惶到尊前"，就是拜见田伯伯的情景。我那时五岁或者六岁吧！

至今梦中的清沙湾总是带着忧伤而肃穆的诗意……

以后，父母都失了业，家庭濒临绝望边沿。父亲开始还强作镇定，每天大清早卷起长衫的白衣袖，潇洒地踩着他的破风琴，品尝自度的嘲讽印度落后社会的曲子：

"佛本传自印度国，泥也，木也，无声息，呜呼！木耶佛！呜呼！"

风琴摆摆晃晃，吱吱呀呀，伴着他闭着眼睛神气。唉！自己尚可怜不及，可怜印度干吗？后来熬不住了，在外头当团长的沈家三表叔送来一些路费，鼓励他出去闯闯，并埋怨早该出去，挂牵凤凰小城的安宁生活，现在怎么？是不是？

几经劝说勉强去到长沙，找了小学同学其时当师长的顾家齐，被安排在长沙陆军一二八师办事处挂个参议头衔混日子。

母亲带着五个儿子陪老祖母天天伸长脖子在家门口等邮局先生送汇票来。

我还在小学四年级，已懂得穷的憔悴，放学回家奔进祖母房内看看米缸的虚实。

凤凰县上层社会的太太、奶奶牌余饭后会闲话一些人。有时落到田伯母身上：不懂得享福，穿补疤衣。人家邀她看戏，她就说："不了，不了！我还是纺棉线自在点。"

"哼！我看，让田个石讨个'小'回来，教训教训她才好！"

也有调皮的年轻人对田伯伯本人直接地调侃起来，编出一句至今还流传的谚语（凤凰土话叫"展诞子"）：

"田个石穿西装——顺潮流。"

这是看准了田伯伯绝对不会发生的行动而加以扭曲的恶作剧，倒是十分形象生动。

我母亲对田伯伯却有静默的怨尤，跟父亲儿时的金兰手足之情，得不到丝毫关注……这种对田伯伯缺乏品质认识的情绪令周围孩子听来不免产生神话般的迷茫：我们如此这般的家境竟然曾经与一位未来的县长有过渊源？

多年以前，我家火灾后重新修建起来的房子门口有三块大匾，都是田伯伯以汉隶所书，当中匾额四个大字是"庆偕稀龄"——这说的是当时还在北京做事的七十多岁的爷爷了，偌大的年纪还盖了新房子的意思——常常招引来一批文人摇头摆脑欣赏。

凤凰县有许多猛人，猛人自然有少爷小姐。细数起来，都各有棱角。话虽如此说，咱们背后称为"老王"的老师长的儿女，却是特别本分，从没听说招人惹人的新闻。调皮撒泼的子女倒是他不少老部下所出，十分十分之惹眼招事。成天骑在马弁肩膊上舞弄小手枪、耍狮子龙灯、划龙船、看戏、赶场、打鸡、打蛐蛐、推牌九、掷骰子、滚钱、飞纸烟娃娃、打棒棒、骑高脚马，连苗族自己的三月三，哪里热闹，哪里有份。

不过凤凰究竟还是礼仪地方，读书有见识的人多，事情做过分了，传出的闲话也是很有压力的。再厉辣的小猛人也得回避。

那时候凤凰出了两个品学兼优的青年，一位是得胜营肖选卿肖县长的孙子肖集美，鼻子洞里常流着两条大黄龙，不久就外出读书，再几年到美国上学去了。美国是随便凡人去得的？他居然去了。

"小时候看糖担子的人掷骰子，他爷爷叫了一声'集美！'，肖集美面红耳赤地往回就跑，从此就不再出去跟街上小孩子胡闹……"

大人时常如此告诫儿孙。我那时也是儿孙辈，听了这话之后，私底下总是很替肖集美可怜：

"那么，他日子怎么过？不赌钱还有好多别的玩法嘛！"

这有点跟华盛顿斫断樱桃树一样，既要有樱桃树，又要有这位善于鉴别诚实儿童的爹，还要有命中注定当总统的华盛顿儿子。我也可以诚实。斫一次樱桃树就可当总统，我斫十棵都干，诚实十回都行……

但肖集美毕竟是位有成就的钢铁大科学家，这流传的故事是作得准的。

另一位是田伯伯的孩子田成上大哥，记得他原是跟李承恩、梁长俊那些高年级同学一起的，永远考第一。四年级、五年级、六年级第一也罢了，到了外头念中学，初中三年、高中三年、大学四五年，都是第一。我那时想，回回第一，万一一回第二，岂不比坐红板凳落榜还伤心？何况也太累，犯不上。什么事太"第一"了，精神上往往特别脆弱、敏感。

成上大哥的成就对我这个"历史顽童"的现状距离太遥远了，既然比无可比，效法就更加谈不上，有如现在的父母面对无可救药的儿子，轻率地向他推荐雷锋榜样一样。

成上大哥在我记忆中颇为模糊，不如肖集美老哥强。肖几十年前有一支连发打炮子皮的小手枪，十分之引人。我那时两岁左右，用大哭的战术去威吓他，要他无条件送我，不料他丝毫不为所动，扬长而去。至今我仍然神往那种玩具，若有定买它十支八支好好玩玩。

那时候儿童可效法的大多是古代成人，而且其行为既无聊且难于实践，如哭竹、卧冰；真做成了，父母未必狠心吃得下那两盘嫩笋鲜鱼。小小孩子根本不懂得何谓孝道，只不过反映出做父母的急需孝子的忧天自私心态。活人楷模提倡很快，消失得也快，如济南惨案的蔡公时过后就不大提

右起：沈得鱼、田名瑜、沈云麓，一九五〇年

了；更早的徐锡麟、秋瑾、黄花岗七十二烈士，激荡胸襟之外，似乎不着儿童边际。何况父母本身有限的宣传鼓动修养，极难得出实际回应。

对于肖、田二位老兄的业绩，说老实话，真正受震动的只是城中父老，他们对自己儿女的责备更具备正义的内容。

"你看人家成上和集美，要哪样有哪样，你妈个皮这副卵样！满脸鼻泥甲甲，就懂得扯谎、偷钱、逃学，狗日的你帮他们提尿壶都不要！"

跟成上大哥接触可谓少到近于印象模糊，但对他的景仰钦佩却是不会磨灭。

一九五〇年，我有幸回到故乡看望十三年不见的母亲。父亲早去世了，故园可谓凄凉之至。经过八年抗战和解放战争，父亲的朋友们大半存活；更老的老人家如田星六、朱鹤楼也都健在，这都是我幸运的地方。在沅陵再见到戴季韬、包戈平伯伯；在辰溪找到段易寒伯伯；回到凤凰，"方麻子"方季安伯伯已去世，他弟弟方仲若叔叔亲切地接待了我。黄锦堂伯伯也去世了，他弟弟黄竞清认出我儿时的原神，很是激动。在楠木坪见到满头白发、苦命的姑姑，痛哭一场，看望嫁到满家的高表姐；在沙湾看了父亲的表妹杨孃，大桥头吊脚楼上的徐姑婆。还再见了朱鹤楼干爷爷、干婆、二满、三满、二婶娘、三婶娘……

四舅依然兴致佳妙，自己特制了一对小水桶从北门城外跳岩边挑水进城，一晃一晃，"惹杠！惹杠！"经文星街进王家巷煮茶烧饭，表示歇影田园。土改和肃反还未开始，他还不晓得厉害！

我家后门右手边开染匠铺的周姑爷和二家的染房停了，姑爷天天钓鱼。

把住在"大街"兵房巷子的四婶娘和永庄妹接回家住。

打发了前来讨债的债主，赎回当给人家的楼上房权。我差点给这些苦难的遗痕粘连。

真想不到我幼时吃过她的奶的滕伯老成这副样子。

全城出名的撒泼活跃人物女大胖子韩蛮婆依然精神十足，满街乱窜，左一句"崽"、右一句"崽"地叫我。

天，依然那么蓝，太阳那么好。八年抗日，四年解放战争，民族精力的消耗、疲累加兴奋，给周围这些男女老少带来一种极复杂的黯然。

三表叔跟表婶娘和五岁的朝慧表妹住在楠木坪一座幽静的有白墙影壁的小院里。竹篁、丝瓜、牵牛花跟蛇豆的影子在白石灰墙上慢慢移动，三表叔娓娓地谈论他对文化和时局充满好意的见解。

没想到个石伯伯竟然会是"旧时代"凤凰最末的一位县长。

我去拜访他的那天，巧遇他正在县衙门跟解放军办移交。他嘱咐我："稍微等一等，马上就完！"接着取出一块掉色蓝花布摊在桌上，包起几本书、一块砚台、一段墨、两管毛笔。

"你看呀！真是缘分，好友玉书的儿子来陪我卸任了……"出门碰到熟人街坊，他这么说。

原来就在县衙门隔壁他租了间只有一扇窗户的小房作为下班休息之用，开锁时他说：

"这房到期了，我想'考棚'厢房可以借来住住。"

"清沙湾呢？"我问。

"你伯娘下乡住，那屋租人了。"

"喔！"

新县长是解放军的宋子兴同志，他们想必早就了解了田伯伯的底细，或上头的上头打过招呼，要不，怎能轻轻饶过历任九趟县长的田伯伯并让其如此轻轻松松地走出县衙门？很少这种先例吧！

湖南是和平解放的，山雨欲来却还未来，人们战战兢兢沿用陈旧方式试探着未来生活和思想。

我从北京带回不少画画的明清旧纸，由五弟陪同到乡里画了两个月画，人物、风景，苗族山区生活。回城后，田伯伯和沈家三表叔分别用隶体和"张黑女"帮我题字。带回香港，在思豪酒店开了个很开心的画展。

一年后，三表叔从城里被拉到辰溪县，在河滩上枪毙了。三表叔一生，仪表非常，行为潇洒，学识丰富。抗战时杭州美专内迁，在沅陵得过他很多帮助的林风眠、庞薰琹、刘开渠先生见到我，时不时都会问起三表叔和大表叔。三表叔是个很开通的人，他理解"解放"两字的意义，而且身体力行不去台湾，没想到真正认识他要在他死了三十多年之后，给他平反，以前的事据称"是一个误会"。

田世伯去了北京，在中央文史馆工作，名分好像叫做"馆员"。这当然不是个官名，有点像唐初所设的待诏别院性质的翰林院味道，却又没有玄宗以后学士院、文学侍臣的殊荣，更没有宋朝内廷供奉的过瘾，明朝洪武以后才有些官的分量，厚重了，但又不如清朝庶吉士之类的礼遇丰厚。一九五三年我到中央美院是个讲师，每月薪水九十余元，而田伯伯这位"庶吉士"在一九六〇年才八十元，未免太寒酸了。

从文表叔儿时是田伯伯的学生，他常陪伴田伯伯到我家来打打牙祭，炖一锅"叫花子牛肉"或一盆"辣子子姜鸭"。有时伯伯一个人来，六十几、七十几、八十几，年年如此。长袍一衿，布鞋一双，临夜饭后出门，送别都按凤凰老规矩深深鞠躬为礼。街上孩子见了怪声叫好。

一次跟伯伯聊天请教，顺便问起他最近作何书法，他说："屋里没有桌子、砚台、笔、墨、纸张，这些东西添置起来太过费钱！"

我惊讶得眼泪夺眶而出，由于我的肤浅竟然体会不到他那贫穷而高尚的从容。一个大书法家因为简单的书桌和文房用具匮乏度过十年无墨真空。

以后的运动一个接一个，灾难分摊在全国人民身上可算十分公平，无一遗漏。有次田伯伯匆匆取走历年赐赠的诗词书法墨宝，我当时也在可怕的旋涡中翻腾，认为十分正常。记得其中许多动人句子：

"神州未觉陆沉梦，不见英雄第一流……"

"……穷巷不干人，原宪常露肘……"

这虽是解放前之作，细细揣度，不由得人不害怕。当时想象力若赋予政治权力，其延展性几乎无边无际、无孔不入。

他跟老伯母住在北京后海的一条偏僻小街的杂院里。靠小院的板壁是用大小不一的旧窗扇糊上报纸拼凑而成。古旧松散的木床，一具煤球炉，我给他弄来的书桌、凳子。伯母关节炎，每天撑着床沿在高低不平的泥地上弄饭吃。我和妻子去，她便多做两个菜包，一人一个。顽童用手指在纸窗上捅了许多眼，看我们吃包子。

我问田伯伯："听说毛主席请他的老师和您吃饭，饭后三人还在中南海坐船，毛主席为您二老划桨？"

"这事是有过的。"

"那么，您这样的日子，可不可以写封信给他提一下？"

"……"他温和而正色地对着我：

"孩子，我们是读书人，不兴这样的。"

"文革"开始之前一年，我在邢台搞"四清"工作，之后"文革"开始，跟田伯伯离别了十年多。我三年劳动回来只见过他很少几面，后来听从文表叔说，"四人帮"垮台时，田伯伯九十余岁高龄，只身远赴甘肃某地看望成上大哥去了。

在北京，我跟田伯伯相处的漫长而间断的日子里，他从未提到过成上大哥，为甚不提？"四人帮"崩溃而又决然奔赴，这是大智大勇者之所为。情感禁锢几十年之后，得到明确肯定的解放，首先考虑自然是面对亲生骨肉。

成上大哥因什么问题解放初期被送去西北荒地劳改？实情细节我一点也不知道。依常情估计，应是在国民党、三青团帮过什么事的缘故。八年后刑满释放。人品的老实，组织领导多年观察、改造、考验，眼看物亲两疏，故而不如干脆申请留场工作。度过了壮年、中年及老年，已届七十高龄。

经法院复查认定：原判属错判，恢复起义人员名誉。一生光阴，如非出现新的盛世，还不一定能如此安排。

田伯伯远赴边荒，死在自己亲生骨肉身边。这种因果关系令人战栗。

成上兄的公子光孚前天自家乡来信，说田伯伯一本诗选出版，要我题写书名。我的学识修养和书法功力照常情讲是非常不相称的。我虔诚地遵办了，只是由于对于我一生视为文化殿堂的田伯伯感情鼓起的勇气，并写下以上的这些闲话作为对题写书名的未尽情感的补充。不足之处，也因之就会得到读者的原谅。

我们这一代人习气太重，在发展飞速的社会里，质量乘加速度等于力的状况下，光阴与心志无疑将撞得粉碎。奇怪的是，我们湘西山地往往产生两种浪漫性质完全不同的人：足智多谋、死冲仗火的是一类，如正街上的田凤丹先生，北门上的唐力臣先生，早一些的田兴恕先生，近代的西门坡的陈渠珍先生。温文儒雅住老西门坳的贡士聂简堂先生，北门文星街的翰林后来做内阁总理的熊希龄先生，南门外洞庭坎上的南社大诗人、学者田星六先生，清沙湾的田名瑜先生，道门口的沈从文先生，则是另一类。因此，十分抱歉地我要提到一九四八年（？）的一次非常违反常态、于情理也不很合适的鲁莽行动：凤凰全城男女老幼徒步几百里去冒犯一个面积至少大五六倍的沅陵城却胜利而还的故事。这种难以想象的荒唐野性行动，不正足以证明产生以上两类不同类型的人物的根生的因子关系吗？简直神奇无比。

一九九四年七月二日

速写因缘

　　说老实话，当初我们读小学的时候，比现在读中学的水平要高得多。四书五经，《古文观止》，诗词声韵都基本解决了。读熟，能背诵，只是幼小的心灵不理解。那点精髓还是二十岁以后才能够派上点用场，才恍然大悟。对我所受到的教育，至今我还不能说它对或不对，或是正确和谬误各占多少比重，但对现在的教育我却是深深怀疑的。使一个孩子心灵成熟的东西为什么要拖到二十几岁以后才开始着手？

　　我们那时的小学教员都是充满朝气、文艺趣味浓郁的青年。以后不少人远去参加各种的革命行列。那时候他们热情专注地在教育我们，启导我们，使孩子们对自然科学、文艺活动存怀着一种严肃的使命感。六岁那年，一位姓田的老师给我画了一张戴着布荷叶帽的写生。我带回家，一个人躲在屋子里对着镜子照个不停。真是像极了。肿着眼泡的小眼睛、凸脑门、扁鼻子、厚嘴唇，十足的一个我，长得难看。我第一次那么认真照着这幅写生端详自己。

我开始用铅笔学着田老师的手势来描绘自己。一张、两张、十张八张。我觉得认识自己比田老师高明深刻，只是没有他画得那么好。父母看到田老师给我画的像，都说是把我画美了，给我留了面子。说我自己比较不那么客气，这是做人应有的态度。听了这种批评，我勇敢地接受下来，衷心地觉得高尚而有趣。这说明我已经像大人一样有些深度了。

在学校，我画得不是最好的，一位田景友，一位滕兴杰，比我画得好得多。另一位陈开远虽不见他画了什么东西，但文学底子倒是全班第一。人品好，他说的画画道理几乎和老师一样，这都是我特别尊重的。只是，我的家庭环境比他们强，父母都是音乐美术教员，他们的谈吐可能启发我的感觉，使我较之他们更敏锐，只是心手都还跟不上罢了。

父亲的一个好朋友方季安，又高又大的胖麻子。背后大家干脆称他为"方麻子"。他是军队里的军法官，但为人脾气特别好：宽容，幽默。我在马粪纸上用毛笔画了他的像，点了许多麻子，传神极了。用剪刀剪下来，做成可以活动的手脚，居然有方伯伯在场的时候胆敢拿去给伯叔们看。开始爸爸紧张而尴尬，后来跟着大伙儿狂笑起来。方伯伯也笑，边笑边骂，大声吼着，鸡鸭都给吓得满院子乱飞。

抗战时期我在福建厦门集美学校念书，书念不好，尤其是英文和数理化，我几乎一筹莫展。半个世纪过去了，至今晚上梦到中学生活，还为做不出功课而满身大汗惊醒过来。但是，国文和美术却是一流。

学校有很好的图书馆，藏书内容那比一般的功课深刻得多。我好像见鬼似的发现，将来长大要用的东西应是在图书馆而非在课堂。英文老师许玛琳很疼我，我也很疼他，但我不爱他的英文课，不爱之极。难得他宽宏大量，破历史纪录地允许我在课堂画速写。很多很多年之后，他八十多岁的时候还健在。我托人向他致意，忘不了他那十分坏脾气的人对我无望的慈祥，请他原谅我，我祝他长寿。

图画老师都成为我的"好友"，很有点"我们都是美术界的人"的味道。跟在他们后面认识到美术的新世界。

学校很大，有商科学校、水产航海学校、农业学校、初级师范和高级师范学校、幼稚师范学校、普通初中和高中学校。因为抗日战争，学校搬到安溪县的文庙，大家只好挤在一起上起课来，生活在一起。

高师、水产航海这一类学校的学生已经是大人了，里头有不少画得像专家一样的老学生，比如郑海寿（前几年在马尼拉见过他，已改了名字，是那儿艺坛的老人家了），他画的漫画人物头像和生活速写，至今我还认为是传世之物。还有朱成淦先生、吴廷标先生，没有他们两位先生艺术的启导，我恐怕在以后迷茫的流浪生活中，很难有勇气找到自己的道路。我的速写、漫画、木刻的创作生活，就是在这时候正式开始的。那是一九三七年末和一九三八年初的春天。

朱成淦先生是我正式的美术教师。他是中央大学美术系的学生，抑或是什么正统学校的学生，反正当时我不太知道这之间的分别。总之，他是有一点科班的名气的。他是国画家，走的是高剑父、高奇峰的路子。笔法显出强劲的力气，注意人物神态的刻画，只是那时候没有让他施展的机会。他很忙，十分喜欢话剧，跟搞话剧活动的黄垌森先生混在一起；热心到了极点，人缘又好，学校里从员工教师到上层领导都喜欢他，也有充沛的精力。是他教给我中国不单有伟大的高剑父、高奇峰，还有李桦、陈烟桥、野夫、叶浅予……这些人，还有林风眠、刘海粟、徐悲鸿这些院长。他推崇的高剑父、高奇峰，我当时并不以为特殊。他爱推崇谁是因为他喜欢谁，是他的爱好。在我，则一律看待，我并不清楚世界上还有另一种社会影响的评价。我根本不懂。

吴廷标先生那时不是教员，他在校长办公室还是校董办公室或是在教务室工作，我已经记不起来了。但在我的眼中他是"上帝"。他几乎无所不能，雕塑、速写、漫画、剪影……加上他的性格那么温和、安静，喜欢和孩子们在一起。他还是一个非常的英雄式的人物，同学们背后夸奖他，说他原应有远大的前途，为了培养两个弟弟读书——一个在水产航海学校，一个在中学部跟我同班——他作出了勇敢的、从容而恬静的牺牲。

我几乎每晚都去找他，次数比他的弟弟吴镜尘多得多。他跟我心中的另一个"圣者"——音乐老师曾雨音先生住在一起。曾先生是一位真材实料、彻头彻脑的音乐家。他们两个单身汉形成的独立艺术王国，又是唱、弹，又是画、塑，使我这个淘气的家伙生活在一个蜜糖似的、艺术极了的托儿所里。吴先生的漫画使我五体投地，快乐非凡。他教给我用剪刀在黑纸上剪影。这门手艺使我离开学校以后混得很有名气。他曾为雕塑曾雨音先生的半身像用去许多时间，而我则在第一次看见非民间的正式雕塑全部过程之后，奠定我一生非搞雕塑不可的决心，可惜这一辈子无法实现。

吴廷标先生给我揭示了一整套艺术生活的启蒙法则。在他的生活中可能并不经意，如观音于净瓶柳枝中偶尔洒出的甘露，一个真诚的施与者是缺乏记忆的，但受施者却永世难忘。

十年前我在旧金山的报摊上看到杂志上有他的漫画和速写，不禁热泪滂沱。最近辗转得到他的消息，我很认真地、虔诚地写了一封长长的信给他。要找个认真的时间，一个认真的情绪和天气，告诉他，我不单长大了，也老了；告诉他，分别这半个世纪，我最少每一个月都真诚地想他一次……

比朱、吴二位先生更早的美术老师是郭应麟先生，他是正统的法国留学生，潇洒、严肃。在他的课堂里有如星期日进教堂做礼拜，既崇敬又害怕，一种美丽的害怕，尤其是女同学这么看。他油画是画得好的，十足的法国写实主义。他喜欢我，我却发出紧张的回响。他微笑地远远向我招手，我心底马上就腾地一跳。他给我们介绍了艺术中的另一世界，这个世界离我们颇为遥远，一种可望而不可即的神圣的遥远。

因缘的作弄，一九五三年还是一九五四年在北京，我参加一个印度尼西亚华人美术家代表团访华的宴会，大约十多位画家吧！其中一位老人使我感觉很面熟，便问身边的雕塑家郑可先生，原来就是郭应麟先生。我告诉他是"一九三七年集美的黄永裕"，他凝重起来，眯着眼，谁也不看，好久好久才轻轻"喔"了一声说："……你是永裕，是永裕。哦！我记得，是永裕……我那时候，嗯！……你那时候，嗯！……你那时候十岁吧！喔！十二岁，十二岁……"

中央美院那时做一种方便携带的小画箱，他很喜欢，我就只送那么一件礼物给他，真遗憾。半个世纪过去了，听说他早已过世，同行的李曼峰先生也过世了。

我利用图书馆不断涌来的新杂志、新报纸上的照片，在厚厚的画本上编绘了两册漫画人物头像，将近两三千人物吧！光是希特勒的漫画就有两三百。还有什么张伯伦、斯大林、土肥原、莫洛托夫、维辛斯基、近卫、米内、贝当、达拉第、丘吉尔、甘茂林、戈林、罗斯福、哈里法克斯……这些人，年轻人不是全都认识的了。记得戴高乐都是后来才补上的，杜鲁门根本还没有出山。

这两册画在德化的一个陶瓷工场让人借走不还了，至今越发觉得可惜。当时是做得神圣严肃的，现在看来，也是一件可圈可点的工作。

画速写、刻木刻在那时，是一种没有办法、不能不如此的一个美术青年的出路。第一是有人愿意看，报纸杂志发表还可以给一些稿费；第二是材料和工作都方便可行，顷刻能办；第三，为朋友画速写，刻好的木刻印出来送朋友是件有趣的事。

以后漫长的日子，我和大后方所有的美术青年一样，揽着木刻板、刻刀、几本书、一点钱和换洗的衣服，到处流浪，不停地认识新朋友，又不停地离别。我感激和怀念那消逝了

一九四九年香港国庆画展

的友谊。太空那么大，星星那么小……见面是很难的。

二十岁以前，我大多活动在东南沿海一带，那时候福建的《东南日报》和江西的《前线日报》上经常发表一些使我神往的美术和文学作品。我几乎是在他们给我预备的摇篮里生活。第三战区有个"漫画宣传队"，叶浅予走了之后张乐平接手做了"队长"。记得一些能干杰出的画家都在那里待过。如陆志庠、麦非、张仃、叶苗、汪子美……几乎囊括了整整一代除木刻界以外的优秀美术大匠，我神往于他们。他们的作品大多发表在《前线日报》的星期日美术专栏上（可惜名称我忘了），速写、漫画、外国进步的作品……

我细心地剪贴起来，细心琢磨其中的一点神情、精髓，随着五官的活动而引起的人物性格变化。我那么专注、诚挚地用功、体会，促使我认识到速写的重要性。抓神态表情，抓刹那即逝的、非常本质的那一点动态。那时，我还估计不到未来将由此受益不浅。狂热奔赴的动机只为了眼前的欢喜。

有人说，"速写"既云"速"，本事就显在"快"字上。于是"快""潇洒流畅""像"就成为当时工作的要旨。也可能在性格上有些讨人喜欢的地方，朋友都对我十分好，在茶馆、在住处和记不起的一些场合里，大家都生活得很有朝气，热烈、真诚得像阳春三月一样。谈诗、谈小说、谈画，更指手画脚地妄谈哲学，辱骂政治。我不停地画速写，材料就是东南流行的大张草纸和毛笔、墨汁。在那个"圈圈"里，画画我当然第一，这是没有什么商榷余地的。好意的纵容和爱抚，相濡以沫，成为我创作的激情。

说到创作，是因为我早已自称为"木刻工作者"了。我已参加了全国性的木刻家协会。即使木刻因为幼稚不被入选，我也会产生一种安慰性的倨傲心。我早已在为当时著名的流行诗人作木刻插图，并神气活现地在朋友们中轻描淡写地谈与他们的信件交往。年轻的创作发情期是不需人原谅的，是不是？

我穷，穷到像秋田雨雀的俳句所说的和尚那样："手里握着三粒豆子，不知是煮了好还是炒了好。"手边只有八角钱时却出现两个迫切的用途：理发或是买木刻板？我决定买木板！"管他妈的头发长到三千丈去吧！"可爱的女朋友说："……如果又买木刻板又理发呢？"

这是有生以来第一次跟一位女孩子搞"投资合营"。我觉得这个办法实在太好了。我满脸绯红，不让她跟我一齐上理发店，坐上理发椅心里又怕她说话不算数，到时候不出木板钱怎么办……

我们还刚刚"开始"不久，认真得很，不像我四十多年后的现在天天看着她那样无所谓。不料一走出理发店，她早已等在门口，笑眯眯地交给我一块用粗纸包好的梨木板。

那块木刻刻出来之后，题目是《春天，大地的母亲！》。

为了更好地做木刻，我必须在搜集形象时向"速写"下功夫。木刻上要有长进，必须加深"速写"的准确性。

一首朋友的诗里说到妓女的乳房，我就厚颜无耻地在住处附近的桥边去偷看一位年轻的母亲哺乳。发现原来在乳头边上围着一圈小小粉红色可爱的颗粒。

我研究牛、羊、猪、狗身上的毛的规律，鸭子身上不同羽毛的组合关系。

我画水流、云、烟和火焰。

从速写里认识到木刻中结构质感组成调子的重要性。

看一些速写参考都全心全意地为了木刻，令木刻在表现上显得丰富带劲。

后来在香港、上海和台湾，更惊愕地发现艺术天地的广阔。书本画册、展览会、长辈和同道的谈吐，几乎是干渴者对于清泉的狂饮。为了自己艺术的成长，却显然丝毫不是一个利己者。一种投身，一种奔赴。垂暮之年想到当时的朝气，仍不免心潮澎湃。

雕塑家前辈刘开渠先生在北京一次便餐上对人谈起我少

年时代画速写人像从脚画起的故事，但只是一次。因为跟版画家麦杆打赌，碰巧被刘先生看见。可见到我那时的"狂"，那时能得到原谅的"放肆"。

恐怕基于为木刻构稿的目的，当时的速写快也好，缜密也好，都缺乏很重要的绘画特征与更全面的研究。虽然那时候自认为已经很"高"，是因为没有觉悟的缘故。

古人所云"不轻初学，不重久习"，我两头都占上了。

我几乎换了一个人，自觉长大了。像马克思吞嚼黑格尔和费尔巴哈之后成为第三条恐龙，周围原来是个可捉可扪的新世纪，忍不住对这满布绿草鲜花的荒乡发出欢吼……

这一段时期我刻了许多有关台湾生活的木刻，可惜为木刻创作的牵绊，失掉许多作画的机会。台湾那么美，风俗那么淳朴，离开它实在惋惜。

香港生活的节拍太快，我又死咬住木刻不放。即使如此，还是画过无数速写。有的成为历史文物，令我颇为得意。风景如此，人物也如此。几十年过去了，年轻时代那些漂亮的女孩子都已成为外婆和祖母。我希望大家都不要难过，人生就是按照诗的安排过下来的。

我原来靠投稿过日子，后来在一家报馆当非永久性的美术编辑。又为一两家电影公司写剧本，为他们的电影画报每期画四幅速写。有时人物，有时风景。叶灵凤先生在《星岛日报》编"星座"副刊，我间或有一两幅速写在那里发表。记得报馆不远处有间卖"童子鸡"很出名的餐馆，名叫"美利坚"，我常和朋友在这里小叙。一次吃到半中腰时才清楚大家口袋里都没有钱。匆忙地由我对着饭馆里饲养的热带鱼画了一张速写，用手指头蘸酱油抹在画上算是色调，给了叶先生一个电话。不久，叶先生笑眯眯地来了。我们交上了稿，他预支的稿费付清"童子鸡"钱还有剩余，宾主尽欢而散。料不到四十年后的上个月，有位年轻的先生送来了这幅画，啊！苍黄之极，那么令我熟悉而亲切，仿佛这事就发生在昨天。叶先生、芄如兄、廷捷兄，都久已不在人世……我在画上题了许多小字，说清这段缘由。

朋友们有个好习惯，随手带着速写簿，走到哪里画到哪里，然后凑在一块儿品评、欣赏。有时也找来位老头子或老太太做模特儿写素描。

常去的地方有各个离岛，长洲、大澳至今还有记得我们的渔人。那群朋友中现在还剩下陈迹、李国荣、李荦夫。曾堉在台湾，这小子我去信他也不回，令我东想西想猜测至今不知是什么原因。李凌翰在远方，前几年见过一面，都星散了。

回北京我那时才二十八岁，很快被定在中央美术学院教书。

院长徐悲鸿先生、书记江丰同志都是我景仰的人；美术协会正在酝酿成立，领导人蔡若虹、华君武在我心目中极有分量，我兴奋之极。

负责筹备版画系的是我所熟悉敬佩的李桦先生，真是一往无前的快乐和幸福。

三十六年过去了，不想在这篇文章中提到难受的事。当然，形成我的整个艺术形态少不了太多的痛苦，但，不说它了。

我进学院的时候，恰好徐悲鸿先生正贯彻他一个主张：所有的教授讲师都画一画素描，实施得很认真。冬天还没有过，画室里生着大煤炉子。一位男裸体模特儿或女模特儿，老的或年轻的，轮流坐在我们的画室里。徐悲鸿先生由夫人陪着来看我们作业。我的天！他那时才五十七岁，比我今天小多了。不久，他就逝世了。我们几个年轻的教师轮流在大礼堂为他守灵，夫人悲哀得令人震颤，使我不知如何是好。

悲鸿先生穿着蓝灰长袍子，很潇洒而朴素，一种天生的自豪感。在他的学生心目中有十足的威望，是很容易看得出来的。他把学院当作他的家，有什么得意的东西就往"家"里搬。U字楼中间有棵紫藤花是他亲手栽植的，好像现在还残破地活着。人们恐怕已经忘记把她和主人联系起来，把她当作一株纯粹的"植物"了。生活中，成为"纯粹"的动物、植物、矿物，都不好；尤其是概念化了的"人"，没有名字，失掉性格，终于被人忘却，真可怕！

一次他来看素描，我站起来，他坐在我的板凳上，从容而亲切地告诉我："靠里的脚踝骨比外边的高。"我第一次听到那么认真对待"结构"的关照，我虔诚地道谢。还谈了一些零碎事，问我的家，我的这个那个……

这是我和悲鸿先生唯一的一次，也是最后的一次接触，不觉得怎么宝贵。深深的遗憾是，他的学生、熟人们提起他的许多妙处，文化知识和趣味的广博，待人的温暖，都没等我有机会去体会。作为有趣的人常为受惠者津津乐道，却一篇付诸文字的东西都没有。人们那么深情地悼念他，却忘了对他用"人"的方式来纪念。

就是为我改善素描的这一次，模特儿是个裸体的七十多岁老头儿。这老头长髯，近乎瘦，精神爽朗，尤其是他脸上的红苹果特别惹人好感。老人知道坐在对面说话的是徐悲鸿，有几分紧张。当徐先生说他像个希腊神话中的酒仙时，老头儿摸摸胡子呵呵笑起来。

"老人家，您高寿了呀？……请坐，请坐，不要客气，不要站起来……"徐问。

"好！好！七十四岁了，你家！七十四岁了……"

"喔！湖北人。您以前干什么活计的呀？"

"厨子！大厨房的厨子。你家！"

"喔！厨房大师傅啊！了不得！那您能办什么酒席呀？"

老头儿眼睛一亮，从容地说："办酒席不难，难的是炒青菜！"

徐悲鸿听了这句话，肃立起来。

"耶！老人家呀！您这句话说得好呀！简直是'近乎道矣'！是呀！炒青菜才是真功夫。这和素描、速写一样嘛！是不是？……"

他真是个做学问、用功的人。他多聪明！一个勤奋、敏于反应的脑子。

这一段对话几乎是一字不漏地记下来，廖静文女士想必还记得的，那是一番很精彩的对话。

为了"素描"，国画先生们是有看法的，而看法又因自己原来的风格有所不同。叶浅予的造型本领很高；李可染美专念书的时候早已学过素描，眼前是个超越的状态；李苦禅年轻时也画过素描，就他已经形成的画风，"素描"实无必要；蒋兆和所作，明显看出"素描"毛笔化的变体，早已形成自己的风格；刘力上是张大千的学生；黄均、陆鸿年是工笔的底子，都已自成一套格局。

"归顺""招安"于"素描"的形势所迫，"彩墨画科"（当时人们不喜欢听到"国画"这两个字）也画起"素描"来，用毛笔单线再加淡墨或淡彩；很勉强，无可奈何。

于是热心人不免就说：你看！可见是要在素描上多用功才行。而国画家当时却什么话也说不出口。

国画家的办公室又是画室的地板屋子里，今天坐着个农民，明天坐着个少女。不几天，不知从哪儿牵来一头驴，让这头驴不知所措地站在那里一动不动怎么可能？于是踢腿、喷鼻、发情、大叫，甚至放肆到拉起粪蛋和尿来。

逼使国画画素描，好心却令人感到迫害式的恶意，真是哀哀欲绝。

中国那么大，文化底子深厚，人的欣赏口味那么好，四十年过去了，你看，没画过素描的国画发展得跟别的画一样蓬勃，有什么不好呢？

我没有国画家们的那种真诚的、使命式的烦恼。我衷心地投入，只是觉得学问太大，形态研究得那么精微，口味高了，将来如何面对正常食物？

几个月过去了，看起来对"素描"功夫我基本上没有掌握，仍然用老办法继续我的创作。不过有变化，认识到绘画世界中几样"绝活"："三面五调子""明暗交界线""形

体""虚""实""反光"……尤其是"反光"让我着迷，我一直悬疑的那种暗部出现的光泽，原来是扣在"明暗交界线"的关系上……

我不是"虚怀若谷"，也不是"兼容并包"，是"饿"，一种实实在在的"饿"。只要能解馋的，我都吃。

江丰给了一个任务，让我到荣宝斋去学习传统的水墨套印木刻，他认为把最美妙的传统套色木刻技法赋予"创作木刻"的新生命里加以发展，是一个重要的方向。他说："你年轻，不要花心，要认真学进去，扎扎实实掌握这门本事，教出一批真正具有民族风格的学生到社会上去。你是第一个，不要辜负党的培养……"我听到把学艺和党这个提法粘在一起，有些害怕，也兴奋得胆颤，不明白和党有什么关系，说祖国、说文化，我就明白得多。不过，我觉得江丰是个热心肠的好人，何况，认真地、耐心地去学习对我来说是心甘情愿的。我就去了。

我学到了整个工序。荣宝斋那时还有老板，走路一拐一拐的王仁山先生，看起来他懂得不少东西，可是成天呵呵呵！一点不露。书记是侯凯，一个难以忘怀的好人。帮忙最细致的是田宜生老兄，教刷印的是田永庆。他一边教我，一边正精心刷印后来世界闻名的周昉的《簪花仕女图》，记得是三十多张，绢本。董寿平等好几位画家在那儿做绘稿的工作，

都老实巴交到极点。

厨房卖包子，又大又粗糙，里头的馅令人不易忍受，我拼命喝水。中午便匍匐在办公室桌子上将就着打瞌睡，很不习惯，自以为在做一种忍耐和锻炼的功夫。

白石先生那里我去过几次，看他画画。第一次记得是与李可染先生同去的，我有了一个给老人木刻一张像的念头，他同意了。

一个大清早，他住在一个女弟子——其实是一位太太——家里，正吃着一大碗铺满鸽子蛋的汤面。

脖子围着"围嘴"，以免汤溅脏了衣服，正吃得津津有味。见到我们进来，知道不是生人，含着一口面说："坐。"我们又和主人寒暄了几句，女主人说他一大早就等我们来，换了衣服……

"……你认得熊希龄熊凤凰吗？"

这问的是我，我说："他跟我爷爷、父亲有点亲戚关系，我小，没见过他——香山慈幼院是我爷爷帮他经手盖的——爷爷死在芷江熊家，搬回凤凰的……"

不再说话了。

大家等他吃面。窗台上一盆盆花草，有榆叶梅、刺梅、三色堇、仙客来和粉紫色的瓜叶菊以及几盆没有花的兰草。

我见几个人那么冷场不太好受，指着他那碗面，对他讨好地说：

"这鸽子蛋很有营养！"

他缓缓抬起头来看看我，再继续吃他的面。李可染怕他听不清我的话，又补充说：

"他说，这鸽子蛋很'补'。"

老人又缓缓抬起头来看看他，再继续吃他的面。

我想，可能老头儿吃的时候，不喜欢别人扰乱他的兴致吧！别再说话，让他吃吧！

五六分钟后，老头忽然朗声叫起来：

"喔！力量大！"

这句话可真令我们惊愕，原来他一直在思索鸽子蛋的意义。"营养"，"补"，这些含义他可能不懂，也可能装不懂；也可能应该用更恰当的字眼来形容他对于鸽子蛋喜欢的程度；也可能用"力量大"三个字更切合齐白石的艺术思维法则。不过，"力量大"三个字用得实在精彩，合乎老头儿的文学模式。

吃完面，他首先问："怎么画呀？"

我请他随便坐，就这么坐着可以了。

我画得紧张而顺手。告诉他用木刻刻好，再给他送来。我不信他知道木刻是什么，完成以后见了自然明白。

一个多月后，在荣宝斋刻完主版和套色版，再一次次地刷印出套色，大功告成之后，首先送到老头儿那里去。同行的有裱画师傅刘金涛，齐的弟子许麟庐，雕塑家郑可和李可染。

我带了三幅拓印品，老人见了笑得开心，用浓稠极了的湘潭话说："蛮像咧！"我恭敬地奉赠一张，他接住后转身锁进大柜子里。

我请他在另一张上题字，他写下："齐白石像。永玉刻，又请白石老石（此字错，涂掉）人加题，年九十四矣！"

郑可的那张，老人也题了。这时，老人忽然把我那张拿走，大家相顾茫然。他的护士说，这张是黄永玉同志的，你的锁进柜子里了。看过知道所言非虚，交给我说："拿去，这张是你的！"

后来，刘金涛向我要了一张，可惜老人已经去世，他便请老舍先生题字。前几年金涛认为应该由我保存，还给了我；我认为该由老舍纪念馆保存，附了一封信给舒夫人，请金涛自己送去了。

了了一段因缘，看看手边这幅老人题过的木刻，甚得意自己近四十年前的作品，用齐老头的话说，真是有点"蛮像咧"！不免小小得意。

以后这漫长的时间里，我去过森林，去过云南撒尼人居住地搜集"阿诗玛"的木刻创作材料，都用功地画了比实际需要多得多的速写。

我仍然系统地读自然科学的书，森林学、地质学、气象学、动物学……了解它们共性和特殊性的规律，得益匪浅。我也鼓励学生这么做。做一个版画家，一辈子要和书籍打交道，爱书，受书的教益……

我让他们对形象的质感和结构发生兴趣，因为木刻艺术仅用平行线的光感来表现形象是单调而乏味的。

带学生下乡体验生活时（一次到了一个海边），要求他们反复地画船、缆绳、水罐、渔网、浪、波和海的规律、山的结构、纵深关系、云、烟……所有这一切看得见的细节，不仅是搜集素材，还为了"背诵"，为了"储存"。

我不欣赏学生模仿我的风格，但高兴他们赞成我的主张。几十年来见到或听到他们在国内和国外的成就，我会为大家当年的辛酸而欣慰、落泪。相当长一段时期我没有画画。十年、二十年、三十年……

"文化大革命"期间，全学院的教职员工被送到农村劳动，由解放军看管。每天扛着农具，排成队，来回于宿舍和农场走三十二华里，三年。

不准画画，也不可能画画。但大家见到北方平原的春夏秋冬、落日、晨雾、星空，见到春树上的芽豆，夏日泽地为风吹动的茂草，迎着太阳的向日葵，薄雾缭绕的秋山，排成人字的、遥遥的秋雁……你不想画画？想，但不敢。于是心胸里一幅幅作品排列、重叠着，秘藏起来。跟知心的朋友讨论那一点点"将来"。

回到北京，"四人帮"被打垮之后，一股暖流通向全国。

人、山水、树林，一切突然地活跃起来，充满生机。

人们把灾难深重的痛苦、个人的遭遇彼此当作笑料讲述，因为有恃无恐。

我开始又重操旧业，画起画来。我老了，像《打渔杀家》的老萧恩所说："老了，打不动了！"决心不教木刻。

有空的时候出外画点"速写"和不太速的"慢写"。

北京、湖南家乡、泰山、黄山、太湖、巴黎、柏林、罗马、墨尔本、东京、京都、曼谷……现在在香港。

诸位见过黄昏的落日吗？见过。

见过咸蛋黄颜色的落日吗？见过。

见过扁扁的、仿佛流淌着红色汁液的落日吗？唔……不一定见过。

见过方形的落日吗？——你会相信的，我做农民的时候真见过，是一种从容的、微笑着慢慢隐退的平行四边形。

宋朝蒋捷有阕《虞美人》词，下半阕是这样的：

　　而今听雨僧庐下，鬓已星星也。悲欢离合总无情，一任阶前，点滴到天明。

一九九九年至二〇〇〇年

古今多少事，渔唱起三更

最残酷的是时光。年龄、伤痛，最后剩下了历史。人们难得对几百、几十年前的事捶胸顿足，即使其中参与过自己的亲人。

谁尊重过历史？

南京日本军侵略大屠杀；波兰奥斯威辛苦难犹太人的黑地狱；纪念碑、纪念馆虽在，数十年过后，该唱歌的唱歌，该跳舞的跳舞，哪怕就在纪念馆的隔壁。

二十来岁的年轻人，今天听中年人谈起"文化大革命"的十年浩劫故事时，早已明显感到茫然已不是奇怪的表情。

……

太严肃的人往往不放过这种作为"人"的情感变化。用道德、历史的戒尺敲他的屁股，引来一些笑声。最后，"笑渐不闻声渐悄，多情却被无情恼"，太严肃的人反过来又被别人打了屁股。

我这个人天生是个"刁民"，欣赏历史而不相信历史。所以我在自己的画作中偶尔也来过这样一手题款："湘西老刁民黄某某作"。

对历史，我宁愿看得散淡些。

我家乡凤凰县正街上，几十年前住着一位普普通通老百姓，名叫田躲罗。这个人从出生到消逝，有价值的贡献只为本城人制造了一句谚语：

"躲罗妈看戏，'侬冒得咯多'！"（在台湾的凤凰同乡一定也记得这句不朽谚语）

翻译出来的意思是，田躲罗的妈每次看戏，都要号啕大哭，旁边的人就要不停地劝慰她："这是看戏，不能如此认真，回回戏目不同，你回回都要伤心，哪能顾得上这么多呢？"

眼下看起来，跟田躲罗高堂脾气相近的人，倒是真正不少。

现实已经给人太多痛苦了，还从历史回忆中找寻难受干吗？随俗些好。

历史真能给人教训吗？谨向高明人士请教，历代大唱尊重历史的大历史人物，伊谁尊重过历史的？唱过而后不认账的大人物，在下倒能上下五千年举出他十来百千！

与张正宇编《今日台湾》

我一九四八年去过台湾，而且住了大半年。《明报月刊》老总说："你去过台湾，你写点'二二八'吧！"我说："'二二八'是一九四七年的事，我隔十个多月才动身，事情已经过了，写不出！"

他说："你就写十个多月以后的'二二八'吧！"

我说："那时候已经很不'二二八'了！"

他说："那就写你那点'很不'吧！"

我想，多少年来，就是台湾那半年生活很少提起。也不能算是一点意思也没有，何况我那时候还真画了不少画，有许多纪念的朋友。反正眼前两岸军政界都在有点"眉来眼去"的意思当口，有关系的人死的死了，老的老了，走的走了，都牵涉不到什么利害上头。写出来，虽益不了谁，也一定害不到什么人。回应于此，居然兴致一下提上来，就答应了。

我对历史有自己的看法。不管书上记录或是口头流传，都同等重要。历史像火车铁轨，两条，永远不靠近，不远离，分毫不差地并排往前铺设。一条是庙堂历史，一条是江湖历

正字兄写像

史。换个说法，有秦始皇的历史，也有孟姜女的历史。都有用，却是孟姜女的历史动情、好看。

我一九四八年初为什么要离开上海？我原是非常喜欢上海，衷心愿意一辈子待在上海的。

那里有我尊敬的文化艺术前辈，艺术视野宏阔，友朋也多，只是日子一天天不好过起来。左派报纸查封得紧，稿费来源日渐萎缩，眼看再勤奋也熬不了日子。王孝和被枪毙，亲朋远扬，走过四川路桥经常被"抄靶子"（广东话即"搜身"），半夜三更"有吏夜捉人"，这时候正巧画家张正宇要找两个助手到台湾去帮他编一部《今日台湾》的照片画册，选中了我和陆志庠。

简直是"卖猪仔"！

陆志庠是三十年代最杰出的漫画家之一，他的艺术到今天为止远远没有得到公道的评价。加之他极有限的四五寸厚的一沓水墨白报纸绘就的十六开作品，"文化大革命"期间自己烧毁了，真是无比惨痛的损失。今天，我大声疾呼痛惜这样一批珍宝无辜毁灭却缺乏真凭实据，甚至只有很少他的知己能够确信。是世界级的精华，是文化瑰宝，轻率地消失于极端恐惧之中。

陆志庠既聋且哑，仅能喃喃发出熟人勉强会心的语言。他和我居然能被张正宇选中的理由很简单，能干、便宜。

从上海坐船到台湾。张正宇坐头等舱，我和陆志庠坐大统舱。我代表我俩向三层楼高的头等舱辱骂抗议，数落张正宇如何不是东西，实际上这种行为等于默哀，张正宇根本就没有听见。

恼人事情接着发生，刘海粟和他年轻的夫人也在头等舱上出现了，有如我们在地狱观赏中秋明月，气得陆志庠哇哇直呼。

我开始自行埋怨起来，为什么要答应张正宇的邀请呢？这简直是"卖猪仔"嘛！当然，去年"二二八"事件发生后，朱鸣冈从台湾逃来上海给我们描述的台湾盛景的影响也不无关系。为什么稍微一提国民党杀人之后马上就大夸台湾之地理人文，弄得我们神魂颠倒，奋不顾身非上台湾不可呢？

雷石榆被驱逐出境

骂归骂，台湾还是到了。

住在台北什么什么路的建设厅招待所。这个"所"，在栽满棕榈树的十字路的拐角。日本式，房间不小，极光亮，我跟陆志庠住一套大房。董显光的女儿带着一个一两岁的男孩跟美国丈夫住在隔壁。张正宇住在大楼的另一角，房间和我们一样大，稍暗，白天也要开灯，这又使我们的平衡情绪稍得舒展。要知道，我那时才二十四岁啊！

新闻局长是林紫贵，什么什么司令是彭孟辑。闯祸的省长陈仪早已调走，接手的是搞外交出名怕老婆的魏明道。

省政府是过去日本的总督府，建筑上运用了纵深技巧，令高耸的中心塔楼霸气而威严，显得十分不讲道理。

建设厅招待所离省政府不远，好像跟中山纪念堂也是走几步路的地方。中山纪念堂左边有一家幽暗的咖啡馆名叫"朝风"，是我们常要去坐坐的场所。一部上发条的落地留声机耐烦地播些好听的交响乐，让我们这些自命不凡、口袋没几个钱的年轻人得到点空虚中的充实。

从大陆到台湾居住的画家有戴英浪的全家，朱鸣冈的全家，黄荣灿和他的妹妹，陈庭诗（耳氏），荒烟，麦非全家。至于西厓、麦杆，那都是我走后他们才去的了。

台湾本地的画家我拜会了杨三郎、蓝荫鼎。一定还有一些别的画家，可惜记不得了。

广东诗人雷石榆，跟台湾著名的舞蹈家蔡瑞月结婚生了

《台湾的牛车》木刻

个可爱的孩子。(我走后不久,雷石榆即被驱逐出境,只身来港,情绪万分悲凉。)

还认识了作家杨逵和他一起在郊外耕种的夫人。

《新生报》的副刊编辑史习枚成为我经常来往坐谈的好友。

这段时间有个重要的事件发生,鲁迅的好友许寿裳被人暗杀,使我惊心动魄。我因年轻学识浅薄,对许先生很不熟悉,看他死后的新闻报道才认识到他是一位德高的学者。

一生起决定作用的人

王淮,我一生起着决定作用的老大哥,抗战时期闽纵战地服务团的团长,也在台北。他的妻子刘崇淦和我都是战地服务团的团员,她演女主角,我做美术工作。王淮在台北做出口买卖,铺子里冷风秋烟,散乱着一些汽车轮胎,不像个生意做得很舒展的景象,但为人仍如几年前一样旷达。他们的家就在市中心邮局对面的一个衖子口上,日本式小房子。已经有了一个五岁大的女儿,名叫"阿乖"。请着一个脸孔很大很圆的十几岁的"下女",名叫"阿咪呀"。"阿乖"爱跟我一起,"阿咪呀"则不停地做她的花裙,一件又一件。我问她为什么天天做裙，何不买几件结实好料子做完算数？她说，好看的穿一阵就扔了，要结实干什么？这个资本主义的真理，我许多许多年之后才真正明白。

我有时带"阿乖"去游泳池玩，而大部分时间我用他们家的客厅画画。崇淦有时对我埋怨王淮时常不回家，跟朋友们到北投、草山去"闹"。我不清楚，也不敢相信。

这段时候，陆志庠常到美国新闻处去看画册，也画了许多台湾老百姓生活的精彩十分的画作，有时忽然又创作出十张八张的裸体画，都使我惊奇得了不得。我由不懂到懂，开始诚意地向他"偷师"起来。

我们迎接来了为《今日台湾》拍风景照的郎静山、张沅恒、吴寅伯、陈惊瞍，并一起坐火车到台南，在台南认识了早在台湾工作的摄影家陈迹。

于是，张正宇、郎静山、张沅恒、吴寅伯、陆志庠和我一齐坐登阿里山的汽油火车九小时之后到了日月潭。住在潭边的一家一生难忘幽雅安静的招待所里。

这时，出了一件事。张沅恒这个小型胖子坚决地、大嚷大闹要下山，因为招待所里没有抽水马桶卫生设备。我以为这只是闹点"上海脾气"，第二天才知道他真的下山了，伟大之至。

大伙划船去了高山族住的彼岸。还去过新高山和水电站。

下山后已忘记再去了别处的许多地名，我对第一次到台湾的郎静山老头印象十分之好，他像个圣人。

热血染红了淡水河

在台北倒是经常串东串西。我会闽南话，方便得像个本地人。我也有兴趣去探索台湾人到底还记不记得"二二八"事件。死了这么多人，他们不会无动于衷的。可能由于年轻，大多都不得要领。台湾处于两个横蛮统治者的剪刀夹缝时期，惶恐、贫困、伤痛、散乱已够烦人的了，抒情似乎已无余裕之地。

残余的传统秩序顽强地被保存着，与大陆君临的统治者的飞扬跋扈，形成鲜明对比。那时候台湾人勤奋、朴素、有礼。司机车子相遇都举手招呼，近邻火车只要扬手，不管下工的成人或放学的孩子，一律停车。瞎按摩女夜晚街头悲凉的笛音，装运瓜果蔬菜进城的牛脖子上安详的铃声，都令我怀疑十个月前我站立的广大土地上洒遍过台湾同胞的热血，且听说染红了淡水河……

王淮被台湾枪毙

我走遍了台北市大街小巷，现只记得几个孤立的街区地名，西门町、太平町和一个传统的老菜馆"山水亭"。除此之外，一切都淡漠在我的暮霭之中……

那时候我作过不少木刻和油画。木刻被我的深情、真诚的好友曾堉保存至今，四十年后的今天亲手交还给我。在王淮家画的十几张油画却是一张也没能留得下来。剩下的这些木刻，可以见出我年轻时的脑子对于台湾生活的粗浅的反映。也算是一种纪念吧……

"文化大革命"末期对我的一次调审，知道我一生尊敬的王淮大哥已被台湾枪毙。当着审调员面，我不禁痛哭失声……

在福建闽纵战地服务团，我曾经在一个时期棉被都没有，老是偎在王淮大哥的脚边大睡其觉，有时半夜听到他梦魇中的呻吟和惨叫，不知这为的是过去的创伤还是未来的征兆？

王淮大哥是山东济南人，抗战开始才十八岁，和同乡徐洗繁赶到武汉参加抗战，在鸡公山战干团受训后加入谷剑尘领导的教育部戏剧教育第二队，在中国东南省份一带活动。

他经历过许多痛苦的生活。他学着耶稣的样子亲爱着周围的人们，亲骨肉似的保护着十六岁的我……

他像雷马克小说《流亡曲》中的老大哥史丹纳，用人格养育周围的年轻人。听说刘崇淦已经过世，五岁的阿乖，今年也该四十八岁了。

唉！孩子！你在哪里？

一九九一年四月四日于香港

往事模糊芦花岸

——香港九华径的一些回忆

　　九龙荔枝角的九华径，原来叫做"狗爬径"，不好听，改成现在的名字。

　　四十年代要去九华径，在尖沙咀搭六路巴士到荔枝角终点站美孚油库，沿海湾边的海堤直进远远山窝里的小村子便是了。

　　一九四八年的时候，荔枝角这个小海湾开始还不怎么热闹。不少星期天前来游玩的人都提了渔网、水桶、钓竿这类的东西，把这里当作荒无人烟的探险寻宝的地方。其实海湾内潮涨潮落的小部分海产，早由九华径的村民捡拾干净了。

　　那时候村外临海湾的土地还是农田，春夏秋冬都有村民劳动，牵着黄牛水牛来来往往。

文化人士钟爱的村落

村民大部分姓曾，客家族。什么时候搬到九华径来的故事，以前听到讲过，现在忘记了。

九华径出来的两边山上都荒得很。右边是曼延出去的海崖，左边山崖只有很少不成材的马尾松。后来给一个做"收买佬"可能发了意外财的人买下来，一层层地平了地，挖了路，挖完一阵，热闹一阵又搁下来，搁下来不久又搞，来回十来次。内行朋友说在荒地上开路或房屋地基，要等它自然陷落，一次一次地平整，是省钱的办法。一年多以后，一幢幢几层的高级别墅洋房盖出来，也有了水泥马路，俨然成了气候。那个"收买佬"显然是发财之后上别处高升去了。

我见过这人，高大，松皮松肉，戴一顶窄檐破草帽，走起路来一跛一颠，从不跟人打招呼说话。

接着才是荔枝角游乐场的出现，每天大鼓洋号地大喇叭广播。九华径住着的人觉得吵是吵，但还不懂得讨厌和提抗议这些事。何况那时候的音乐没有今天流行歌曲那么让人觉得浅薄无聊。

我一九四八年春回到香港，住谢菲道廖冰兄家里，很过意不去。一次到九龙砵兰街看漫画家张文元和演剧老朋友方莹。那地方是一个大陆逃出来的进步文化人的寄居之所，来来往往的朋友很多，在那里遇见楼适夷先生，他问我为什么不搬到九华径居住。

我太太当时在湾仔德明中学教书，便辞职跟我住到九华径楼适夷先生一板之隔的楼上来，靠刻木刻、画速写、写点散文之类投稿过日子。

楼适夷先生和太太黄福炜住前房兼拥有靠窗的大厅，中房是一对华商报年轻夫妇，后房是我们，屋尾住着一位老广东，姓潘名顾西的可爱老先生，他说他是邓演达的熟人。有一个老女工照顾他。他不断地在发明属于"科学"这方面的东西，比如用一种化学液体栽出大西瓜之类的实验，诚恳态度十分感人，玻璃瓶里长出蚕豆大的西瓜。

楼下住着巴人先生，有几位马来西亚华侨青年跟他住在一起。巴人先生不大说话，一位爱看书的严肃的老头。

我们住的这座二层楼房，是全村唯一用钢筋水泥盖成的房子。也只住着我们这三家文化人。不过来访问的朋友却川流不息，这才引来了以后的热闹盛景。

村子里没有自来水，全靠我们楼下左边一口大石板水井以作饮食洗涤之用。巴人先生有青年帮忙照顾，楼适夷先生和我都要自己从井里掏水再提上楼去。

厕所在靠田地边的茅棚猪圈里，拉完了自己用铲子戳一把草木灰盖上。

楼先生那时付的房租是八十港元，我是五十港元。

张天翼先生说是要来租房住的，在楼家前厅躺了几天，因为有肺病，那种时空里，楼氏夫妇眼看谁也照顾不了谁，大概"上头"照顾张先生，把他移到一个有照顾的地方去了，说是在九华径住过，也只是几天的事。

来往的人就多了。乔冠华、叶以群、萧乾、周钢鸣、郭沫若夫妇、邵荃麟、茅盾、蒋牧良、聂绀弩、胡风、罗承勋、司马文森、洪遒……

胡风先生来过多次，跟楼适夷先生作长夜谈，内容多是些文坛委屈争论，气势十分之昂扬慷慨，因为楼适夷先生淳朴谦和，又是坛内旧人，能体贴到胡风先生的愤懑深度……深夜三四鼓，有时还敲我的房门来要些点心，这给我颇深的印象。那时香港在乔冠华、邵荃麟、林默涵领导下为胡风的《论现实主义道路》一书正在开批判会。

九华径，九十岁老人曾先生特别上楼让我画的

国共两派人物都有

说到这里还有个插曲。

住中房的那对年轻夫妇平日可能给楼夫人黄福炜留下了有趣的印象,黄福炜便把其中一些事写成篇散文放在《大公报》的"大公园"上发表。我一看便明白其中写的是谁,觉得"进步人士自以为很伟大"的这种小小的批评颇有点道理,加上"又伟大又娇气"的这种提法又令我忍不住地笑出声来。到他们打听出文章的作者竟是一位隔壁前辈太太,就气走了——黄福炜在新四军时做过军法审判员。

我想,胡风几次跟楼适夷作长夜谈,应是这一对夫妇气走之后,否则,他们俩不揭发报仇才怪!

接着是蒋天佐和陈敬容的到来。

蒋天佐我不熟,只读过他翻译的《匹克威克外传》;陈敬容是诗人,在上海时我们住得不远,她还到我家来过,我当年为她的一首诗《逻辑病者的春天》刻过一幅抽象得很的木刻插图。(这幅木刻几十年来是我资产阶级艺术思想的靶子,是我的包袱,一挨批评总少不了提起它;不过至今看来,事隔四十九年,我觉得这幅作品还真了得!一个二十二岁人的手艺！）

怎么是陈敬容跟蒋天佐一起从上海飞香港来了呢？陈敬容跟戈宝权不是好朋友的吗？她这一走，岂不叫戈宝权伤心到家？适夷先生跟戈宝权也是好朋友，他十分不高兴。他告诉我当天戈宝权跟陈敬容原是约好晚上一起吃饭的，不料却跟蒋天佐到了香港。

楼适夷却又要我帮蒋、陈找房子，说是住在加连威老道的叶以群交代下来的，这有一层"上面"的意思。

楼不会讲广东话，我会，我太太又是广东人，于是在隔壁为他们找到一间小楼上有阳台的房间，五十块钱一个月，但我们暗自商量好，别让村子里的人帮他们挑水，要水用就自己动手！果然，每天他们两个来来去去忙着在井边洗衣、提水，十分之勉强费力。如果戈宝权有知，一定也觉得痛快，我们给他出了点聊胜于无的冤枉气。

从九华径出去的人大都当了官

记得蒋天佐大清早在村子随地小便，给九十岁的曾老先生碰见，要用手杖揍他，给人劝解才脱了大难。老先生根本不管蒋天佐会是未来的中央文化部办公厅主任，真是有眼不识泰山。

接着是杨晦先生全家。杨住九华径最高坡上的那幢殖民地形式的屋子里，地方虽大却太潮湿。没有办法了，他夫妇孩子太多（三四个之多吧），别的地方容不下。

四川的作家巴波和李霁树夫妇填补了我们中房的位置。我原不认识他们二位，是借居在兰砵街"文协"楼上的木刻同行张漾兮老兄介绍才弄到九华径来的。

巴波又牵连来解放后在国务院任典礼局局长的余心清老先生。余先生是冯玉祥将军旧部，巴波兄跟他怎么认识的我不知原委，只知余心清以后发表在《华商报》上的连载《在蒋牢中》是巴波兄的手笔。

余心清老先生住的是一间原来堆放本村拜神祭会仪仗的小套间，满是跳蚤蚊子；余先生年纪大，身体魁梧，加上一大把花白美髯，令我们肃然起敬，于是帮他打扫地面，满屋喷射 DDT，还挂蚊帐。

回北京几十年都没有想到再去看看他，何况这位局长不一定记得起曾经帮他在九华径挂蚊帐、打扫住处这些屁大的事的小伙子。"文革"开始后，他向周恩来总理写了一张小小的告辞信："士可杀，不可侮。"告别了人世。

我又接来了严庆澍兄的全家，严庆澍又拉来所谓的"胡风分子"耿庸兄和厦门大学的忘了名字的两位教授。

一座堆草用的石楼也成了居室

后来不知怎的我在江西赣南时的老朋友顾铁符兄也住进了村子。此人从修筑飞机场到考古鉴字、自然科学无一不会，是位达·芬奇式的特号奇人。我们后来一直共同生活在北京城，他在故宫博物院工作，也即是说我住在"大圈圈"，而他住"大圈圈"的"小圈圈"里。间或三五年邂逅一次。

文协通知我去接臧克家先生夫妇。克家先生在上海的时候住虹口的一座日本房子里，我常去找他，得到他许多帮忙和照顾。见到他们夫妇和两个孩子，真是十分高兴。我告诉他，给他们找的住处是一整座石楼，上下两层，门外一座小桥……新屋！……二十元一个月！"这可能吗？小桥、新屋、二十元……"臧先生睁大眼睛。

是进村右手第一间堆草用的小石楼，村后山上的一道小河经过门前流出荔枝角。

臧先生远远看看这个住处，放下行李，喔喔连声。

不久，诗人雷石榆被台湾当局驱逐出境，强拆了他和台湾妻子、大舞蹈家蔡瑞月的关系，令他痛不欲生。我们知道用什么好话都难以平复这人生最大的伤痛，在严庆澍兄的隔壁给他找到一间小屋住下。

我们是四十年代初期江西信丰的熟人。他在《干报》做编辑，我在民教馆做艺术工作，有空约着一起去茶馆吃"米粿茶"，拿着速写本给大家画速写。他画得不算地道，但大家都尊敬他，烘托兴趣，要他做东请客。

我到台北，他曾带我一齐回家去看蔡瑞月和刚生的女儿。没多久，就被残暴地驱逐出境，只大半年的事。

我刚回北京，住大雅宝胡同时，记得他从保定（石家庄？）来我家做过客，就这么一别几十年没再见面。不料陈迹昨天来电话，说雷石榆有信给他，唉！不知这几十年他是怎样过来的？八十几了吧？

我差点被当作共产党

底下，这才是作家，考蒂克、单复、方成、端木蕻良住进了我们屋子并排当中那一间房子。

蒋天佐、陈敬容受不了九华径的生活，搬去九龙某处。我搬到他们那间有露台的房子。屋后住了作家李岳南，还有方成的哥哥和嫂嫂，他们是麻省理工毕业的钢铁专家，准备回国搞汽车工业的。

大画家陆志庠原是和我一起跟张正宇去台北的，我俩帮张正宇打工编一本叫做《今日台湾》的大风景画册，还去飞机场接来第一次上台湾的郎静山和他的助手。后来形势变了，印成一部画册的价值反而没有不印书的纸的原料值钱，纸价灵活得多，一印，反而僵死了。于是上头决定停印，恰好这时彭孟缉要抓我，以为我是共产党；倒是真的共产党帮我逃离台湾，溜回香港，当然不能告诉张正宇和陆志庠。（多少多少年后的"文革"，我被指为国民党，让我站在长板凳上弯腰两三个小时，大冷天滴得地板上一摊汗。其实入国民党也并非容易的事，那些造反派小家伙不清楚而已。）陆志庠很快也来到九华径，住进我屋子旁边一间堆饲草的小屋。楼上是木头楼板，只有一尺见方的透气窗户，居然也要二十元一个月。

陆志庠又聋又哑，村人早晨取饲草喂牛他听不见，很耽误事，不租了！好说歹说，让陆志庠临睡前大拇脚指头包块胶布再绑一根线从窗口垂到楼下代替电铃。

又从台湾逃出朱鸣冈、林端正夫妇带着孩子也住进我们这一横排房子末尾。

据说在美国进过军校的蒋炎午和方成是熟人，也搬来跟他们住在一起。蒋炎午在《大公报》写文章歌颂共产党骂国民党，很是活跃。

人去楼空，留下的只是记住的

所有九华径的这一批老少在解放军进北京之后都搭上赴天津的船走了。蒋炎午也得了一笔乔冠华给的路费跟方成他们去办行装。一天下午，我在阳台上跟他们挥手再见，目送他们离开九华径。明明白白看见蒋炎午挟着一具帆布军床，走在他们里头，第二天清早，也是明明白白看见蒋炎午睡眼惺忪地从左手台阶上另一个门里懒洋洋走出来。问他："怎么一回事？"

"不去了！"他说。

后来他用"国之华"的笔名在"新闻天地"写文章骂共产党，记得文章中有一句"中共大口径的谎言"，使我非常生气。

这个人，你气也没用：他毫不在乎！

几十年过去，前些年他来北京看我，说是"权威方面"邀请他来参观的，并给我带了见面礼。

这个见面礼，一百万元跟人打赌，我不说出来，任何人一年也猜不出是一对四十磅的国产铁哑铃。

他说已写信给某大领导，等待接见。他将向他提供极有价值的东南亚军事战略良策……

他又来过我家一次，说："要去上海看姐姐了，那边没消息，那就让他'萧何月下追韩信'吧！"

……

这期间，搬来木刻家李流丹，住原先王任叔（巴人）所在。楼上新来的两夫妇带着一对非常可爱的小女孩，但他们老是回避我们，很久很久才跟我们开始交谈。

房东太太从事农业劳动，房东先生不大劳动，听说以前在什么地方剧团唱花旦的。有三个孩子，大女儿名叫"乙娣"，思想很进步，认为大家都回大陆去了我回不去，很看不起我。二儿子有一个乳名，叫"猪油公"。三儿子小，不知道叫什么名字，留下的印象是只会哭。

跟我有时玩在一起的孩子乳名叫"阿良仔"，学名叫"曾景良"，安静而善良。十几年前我在"美丽华"开画展时还见到他，仍然规矩可亲。说是要去九华径看他，却至今没有如愿。

共产党吸引了无数热血青年

楼上还住着两位马上就要回去的进步女大学生，她们收藏着许多中共中央领导人的照片，其中有林彪。她们说林彪长得漂亮。我接过一看，也的确漂亮！怎么一个勇猛无边的大将军竟会这么漂亮！浓重的眉毛，英武的眼神，加上一点过分的文雅。真不可思议。她们说林彪还没结婚……"有的女大学生还准备嫁给他咧！"

这个"有的"我不知是谁，是不是她们自己？

几十年以后见到林彪，再想起那张照片时，我相信那是一张儿童照片吧！

后来屋后搬来了沈曼若，湖南人，早年毛泽东、刘少奇的同道，青年时代，在法国学习研究自然科学和社会科学，回北京后蔡元培请客，有刘师培、黄侃、胡适这些前贤在座。蔡问刘师培认不认识沈曼若先生，刘青白眼说："喔！那个沈伢崽啊！"

沈曼若那时才二十来岁，不高兴了！"我就是沈曼若！"

"喔！"刘师培说，"你就是沈曼若啊！你，读过什么书呀？"

"什么书都读过！"沈说。

"什么书都读过？那举一本来听听呀！"刘说。

"《论语》！"

"喔！读过《论语》，不简单哪！有什么心得呀？"

"有一句！"沈说。

"给大家讲讲看哪！"刘说。

"老而不死！"沈说。

……

住在我屋后的就是这个沈曼若。

瘦小，白皙，精神十足。讲到解放的北京，他说：

"我是马上就要回北京去的，见到润之和少奇，他们不给我个好差事做做我是不答应的！……"

他以前是李济深的首席秘书，李已在北京，地位很不平常，我们区区这座小楼后房，川流不息地来着接线拉关系的国民党泄气要员——刘建绪、贺耀祖这类人物。

我忙着我的事，刻一些迎接华南解放的木刻，画一些画，写一些电影脚本和杂七杂八的散文和诗。写过十来篇《白华村人物印象记》在《大公报》连载，写这方面的东西，算是最早的了。《大公报》那时候的罗承勋兄最是清楚。

回广州参加华南第一次文代会，见到叶剑英、冯白驹这些传说中的人物。

回香港后搬了家，住到香港坚尼地道这边来，仍是五十块钱一个月，住处却小多了。

一九九五年六月五日

流光五十年

时光待人，快慢各各不同。

抗战八年，很长；"文革"十年很短；"文革"后二十年几乎一眨眼；于是，十几岁的人一下变成七十几的老头。

那么可爱且越来越好的世界，那么可爱的美术职业，那么多可亲的人。我年轻时虽然参加过不少群体的画展，但第一个正式的个人画展却是在香港大学冯平山图书馆举行的，时间在一九四八年。我二十四岁，半个世纪过去了。五十年后在原地再开一次画展的机会到底还是不多见的。

谢谢香港大学美术博物馆杨春棠先生还想到五十年前这件事；在我，是值得纪念的个人起点。

那时候香港大学校长是英国学者施罗斯先生（Dr D. J. Sloss），他跟我家尊敬的萧三哥萧乾是熟人。不知什么理由，好心的萧三哥认为我的木刻够资格开个人画展，并鼓励我去

右起：万籁鸣、郑敏、李丽华、黄永玉、淘金，在我的画展上

做这件想也不敢想的大事。

事情已经公开化了，冯平山图书馆的陈君葆先生、香港大学医学院病理系主任侯宝璋先生、学者马鉴先生都兴趣盎然地来帮我的忙，甚至亲手在会场参加吊绳子挂画的劳作。那是个老人家对年轻人十分体贴的时代。

冯平山图书馆五十年前和现在不一样，现在规模大多了。

展览场所就在楼上左手边的大厅里，有许多听课椅子，要把这些东西搬到储藏室去。学生会主席和七八位男女同学帮的这个忙。

今天他们在哪里，还记得这件事不？会不会前来我今天的画展？

接到当时的港督葛量洪通知要来看这个画展，我不喜欢他来的原因是我不懂事。我认为他是大英帝国的代表，他来，我赶他出去！我告诉同住在九华径的邻居翻译家蒋天佐先生，他是共产党员，狠狠地剖骂了我一顿："你以为你这样做就进步了吗？这是政治上的幼稚、浅薄！香港是他管辖的地方，你晓得这么做会闯多大的祸？"

听了这番话，我的脸一直红到脚跟。是的，浅薄啊！到了七十来岁的今天，每次看到别人做着类似的事情，我都一次又一次地赧颜。

葛量洪对我的作品讲了喜欢的话，心里是高兴的。《星岛》《华侨》登出许多照片，我也没有不好受的感觉。

说出过去这些事情，是想告诉诸位：人从年轻到老，作品也好，做人也好，说不定某些成长部分，是靠脸红和惭愧培养出来的。

一九九八年十二月七日于山之半居

出恭如也

画这批画，是因为熟人林行止先生为《万象》写的一篇屁文章、张尔疌先生的一篇厕所和厕纸的文章、如一先生的一篇厕所文章引发来的兴趣。文章很让我惊喜、佩服；愿意跟着鼓噪一番。

我做不到三位先生渊雅的学问功夫，却是占了两个没什么分量的便宜！一、老。二、亲身上过许多不同品种的厕所，简直可以畅着嗓子对年轻人说："我上过的厕所比你们的什么什么……都多！"

比起吃，上厕所的文章却是少得可怜。历来认为拉出来的东西很难于回头再看一眼，有如草率的作家自负于才情，对自己文章不作第二次修改扔进邮筒掉头就走一样。这些积累起来的排泄物，经过农民的珍惜灌溉于青葱的蔬菜之上，重新又回到尊贵的人们餐桌上来，称它为不受化学污染的"绿色食品"。哈！因果轮回报应得这么快……

和朋友谈起上过的厕所之多种方式，几乎画不完。几十年来以北京为中心，除西藏和海南岛之外，见识过人们难以相信的厕所。有的是两三千年来古老传统完好无损的继续，多种多样！"百花齐放"之至！不过我想到今天的经济、科学的高速发展，传统的厕所文化很快将受到淘汰，心里不免又有些惋惜。是不是有热心人愿意出资搞一个"出恭博物馆"？那就不知道了。如果搞出来，一定是非常有看头。

我经历和耳闻过不少有关出恭的文史资料。

五十年代初，我住东城大雅宝胡同甲二号，从文表叔住东堂子胡同，相距不远，我们每星期都有往来。有一次我送他回东堂子胡同经过羊宜宾胡同口时，胡同口公共厕所内传来一阵悦人笛声，奏的是当时流行的"二呀二郎山，高呀高万丈……"曲子。

表叔听了，停步抚掌曰："弦歌之声，不绝于耳啊！"语罢继续开路，手指顺便往后一指说："快乐，满足，人要都是这样快乐满足多好！"

说起公共厕所，那时候还是新生事物，男女隔着一层墙，能听得见隔壁的说话。

"啊！二婶呀！今午吃什么呀？"

"吃饺子！"

"什么馅呀？"

"茴香肉末！那您啦？"

"二狗子他爹今早上昌平拉货，一半时回不来，我们就喝稀的，小米粥加贴饼子，凑合着闹！"

这边的我们正蹲着"桩"，"墙有耳，伏寇在侧"，嘿！一声不敢出地进行饮食文化窃听。

四五十年前，广州来了位人物，住在超特宾馆，洗手间超特地大，东、西、南，三面墙角安排了十几把藤萝椅拱绕着坐北朝南的一座抽水马桶。清早大人物出恭，坐满藤椅的人们陪他聊天。

"哎呀！不臭死人！"

"嗬！你想去还不够格咧！"

老笑话说过，一个大富豪家宴，宾客围坐，富豪席中放了个响屁，众客忙说："不臭，不臭！"富豪生气了：

"狗放屁才不臭，人屁怎能不臭？"

"……唔！大家注意，味道慢慢过来了！"众客说。

陪大人物出恭聊天，怕也就是众客的心态光景。

怪脾气的人倒真是不少。

我一九四八年初和陆志庠跟张正宇到台湾办一本台湾风

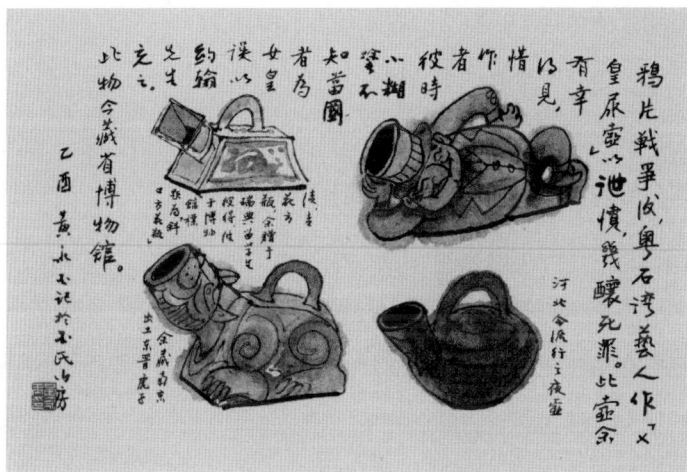

鸦片战争后，粤石湾艺人作"x皇床壶"泄愤，戏酿死派。此壶余有幸得见，惜作役者作时小糊涂不如蓄圉者为女皇误以约输先生定之。此物今藏省博物馆。

河北余派行之夜壶

出土东晋虎子
金藏南京日方义敏
独石料误得付于博物锭璃隆

乙酉黄永玉记於木氏山房

出恭十二景之一

光的画册，把郎静山从上海请到台湾来拍照，跟来的有张沅恒、王一之、陈惊暾和吴寅伯。于是大家从台北到台南，再上阿里山。那时候台湾刚从日本人手上接收过来，一切暂时还衔接得不怎么顺当，上山的火车好不容易找到一节烧柴油的，费了九小时来到山上日月潭旅舍里，大家刚喘过气梳洗才完，听到张沅恒这个小胖爷嚷着要马上下山！

"为什么没有抽水马桶！"

我以为是闹着玩的。

吃晚饭的时候听说，张沅恒真的下山去了。

农村才真正懂得粪便的价值。

工作队进村，集体学习守则时就提到，住在老乡家，一定要在屋主老乡家大小便，不可不当一回事到邻家去大小便，给他们发现，会影响群众关系。

我老家凤凰，以前常有种为"粪客"的农民来收茅室里的粪；粪满了，也急着希望有"粪客"来，以便补贴点家用。听听之间的对话：

"怎么这么稀？"

"哪里稀？前两天我们家老母亲做生日，摆酒席，来了好多客，你用棍子搅一搅嘛！看看油水。"

他们把粪勺到粪桶里，一担一担挑到粪船上，运往上下游去。

不幸的是，"粪客"挑粪正要出南门或东门繁华地区时，滑了一跤，粪桶打翻在地，粪便四处流淌，大街两边的牛肉、羊肉、猪肉案桌，面馆、点心铺、布店、洋广杂货店登时翻了天，这一天的生意完全毁在这个不幸的"粪客"身上。幸好唾骂固定在寸步难移的粪便圈中，"粪客"低头擦着汗水和鼻涕眼泪，借了干净水桶，一担担从城外挑河水冲洗街道，这样子的事件大约要两整天才能平复。说真的，街两边的生意真的给他耽误了，尤其是卖猪牛羊新鲜肉脾气不好的屠夫只能站在案桌里边朝天骂娘。……一年总少不了来这么四五回，我们小学生还可以绕道上学，这些人不行，都给定身法定住了。

一九四七年在上海，我们的前辈雕塑家刘开渠先生请一些美术同道吃饭，老中青三代人，我当然是青字辈的了。那天去的人多，有朱金楼、钱辛稻、周令钊、赵延年、陈秋草、张正宇、庞薰琹、潘思同、章西厓、陈烟桥、李桦、野夫、王麦杆……

那时的文艺界朋友生活都非常艰苦，既能吃一顿饭大家又能有机会聚一聚是很难得的。

没想到开渠先生借住的是上海市公务局（？）规模宏大的化粪池边的工棚，大而长，只有这里才可能让开渠先生接受巨大的雕塑工程有放开手脚的余地。工棚与露天化粪池相距大约是两米左右，天气热，我们几乎是让熏天的臭气把身子托起来了，这种悬浮感从面面相觑的神色中各自都有深切体会。

白天黑夜，开渠先生、丽娜夫人和孩子都生活在这里，你以为他们喜欢、爱好泡在粪臭中吗？

我想象窗外是二三百米长，十几米宽的清澈的河流……不行，想龚定庵、杜甫、李商隐也不行；想但丁，他《神曲》中的地狱没这么现实，没这么鲜活……

那顿饭是自助餐，当然包括吞进半肚子粪气。怎么吃完它？怎么告辞？离开刘公馆大家都一言不发，可能跟我一样，都臭昏了。

解放后多少年，我时常跟开渠先生见面，就没有想过跟他说一说那一大片粪池边的生活……

至于如一先生文章中说到的"厕简"，我知道不少，只提一种。凤凰家乡有一种多年生的草本植物，俗名"喝鸡泡"，状如夸张一点的葡萄叶，人手背偶然接触就会引起说不出的奇痒、红肿，几天才能复元。一些乡下淘气的青年就把它放在茅厕顺手的地方，跟稻草、竹片混在一起，让不幸的疏忽者上当。这物事一经用在要害地方，那起码有半年忙了。

二〇〇六年一月廿三日于万荷堂

我心中的"列仙酒牌"

—— 一个不喝酒的人对酒的看法

酒是人类第二大快乐。它与人类共存亡。只要一天有人便一天有酒。

它用不着提倡，也不怕人禁止，禁止的人往往自己偷偷喝酒。

酒是一种特殊的生活方式。它无孔不入。忧愁要它，欢乐也要它；孤独要它，群体要它；天气好了要它，风霜雨雪也要它；爱情要它，失恋也要它；诞生要它，死亡也要它；恶人要它，善人也要它；当官的要它，百姓更离不开它；有文化的要它，大老粗也要它。

喝不喝酒是人和野兽最大的区别。老虎就不喝酒。不过酒量有个临界线，喝多了会变野兽。

我和大多数人都不喝酒，我们欣赏喝酒，与喝酒的人为友，我们这帮人占世界人口的百分之七十二点四，是不喝酒的拥酒派，算不得是野兽派。

酒是谁发明的？

世界这么大，古时候没有轮船、飞机，没有互相传授和交流的机会，凭什么全世界的老祖宗都有酒喝？

古希腊、古罗马、非洲、阿拉伯、印度、古埃及和我们中国，文献上动不动总跟酒有关，酒壶发掘出来漂亮得惊人，十分十分讲究。

大多数的发明我都想得通，原始挡雨的芭蕉叶到今天的塑料雨衣，大蒲扇、团扇、折扇到今天的电风扇、冷气空调也找得到脉络，唯独酒的发明者是个无头案。当然我也不会傻到相信神农氏、有巢氏、燧人氏，真有那么一个人。

酒的出现是一个划时代的"偶然"的"必然"。

老祖宗穴居或懂得制陶之后的某个时间，他们收集储存在洞穴或陶罐里的果实或粮食不小心漏进了雨水和山泉，果实或粮食发了酵，久而久之透出迷人的香气。好奇的某位祖宗战战兢兢就用手指头蘸了一点送进嘴里，说时迟那时快，这一指头下去，点出了个新世界。

接着是一口、两口……最后干脆捧起坛子往嘴里倒。……从此世界出现了第一个"酒亚当"和夫人"酒夏娃"。

这种液体既然如此可口，又如此妙趣横生，自我捉弄刚完，马上想到要找另一个傻瓜再演绎一回，又共同去找第三、第四、第五个傻瓜重复"过来人"的经历。后果既善良有趣又安全，从此立下了酒筵的欢乐性质和满溢好意的规矩直到今天。

试想，世界上没有酒，那算什么世界？

酒和语言一样是没有阶级的。统治阶级利用它装扮制度层次；老百姓却只管自顾自地喝他的土酒，各自为王，两不相干。既有皇上的酒池肉林，也有景阳冈上三碗不过冈的老百姓酒店。

皇上的仪式花样百出，定出的规矩埋伏着杀人的暗影，层次令人生畏。酒具讲究得无以复加，大到金鱼缸那么大，小到鸡蛋壳那么小，都有精确法定称号，名称繁复难念（为某件酒器刚查完字典，一合上书，马上忘得精光）。如"角""觯""觚""爵""散""斝""觥""牺尊""象尊"……既对不上用法，更吻不合制度，难为当年那些老迈的大臣被这些规矩弄得战战兢兢，情况着实堪悯。

不光是酒器制度，还有酒宴制度。多少岁哪里坐，多少岁哪里站，六十的有三盘下酒菜，七十的有四盘，八十的有五盘，九十的六盘……这些无聊麻烦的排场都在《礼记·乡饮酒义第四十五》中可以看到。《礼记》是皇帝爷宝座稳与不稳的根据和标尺。不讲礼就是可以乱来，乱来可以拿礼这东西约束他。要坐稳官位，哪个惹得起？酒于是就起了为统治者帮忙的作用。

宫廷庙堂的饮宴弄得人眼花缭乱，市井的冶游却搞得十分之鲜活自由；弄到后来连做皇帝、当官的都免不了口流馋涎地羡慕起来，甚至换了便装去喝了一番闲酒，学老百姓和士人的样子求得精神上的解放和自由，取得一种新的舒展方式。

六千年前甲骨文上就有了"酒"字。

陶器也有了"酒"字。

以后的"孟鼎""毛公鼎""乙亥方鼎""齐侯鼎"上连着一串串"酒"字。

说的是帝王的"酒文化"痕迹。文人们也不断地用酒表示态度。有的是装疯卖傻引人注意；有的是借酒讽喻时事；有的简直就是一个没出息的"喝酒专业户"，从而引申出一种政治性质。

公元六世纪那个编"文选"（《昭明文选》）的梁太子萧统，在《陶渊明集序》里也道出了这点意思："……有疑陶渊明之诗篇篇有酒，吾观其意不在酒，亦寄酒为迹者也……语时事则指而可想，论怀抱则旷而且真。……"渊明这人，诗文绝唱，当个大官怕是不行。成天喝酒，很容易在政治上犯错误的。退休转业人员心中常存愤愤，怀才不遇朝天骂娘，这类朋友我成箩成筐，像陶先生牢骚发得这么雅，这么深，真是我辈退休哥儿们学习的好榜样。

说酒人意不在酒的还有个欧阳修，其实是怕人称作酒鬼而已，他那句人人叫得口滑的"醉翁之意不在酒"，是在酒醒时期作的文章，如果真醉得一塌糊涂，哪里还有什么"意不意"的念头？此公原本就是颇能玩政治的人物，作篇不太相干的小文章，原是可以的。……

《红楼梦》大观园看门的焦大，敝友黄裳兄称他为大观园里的屈原，真是活灵活现。

论酒，论酒性情，论酒人，论得通体透明的，还是袁中道的那篇《饮酒说》。文中立体地谈到酒和人的关系，酒人和酒人的关系，不少幽默自己的地方。把酒描写得既可爱，又可恨，又堪怜。人酒合一，又一分为二。说情翱翔，翻飞曲折，是一篇有酒写不出，无酒更写不出的短妙文。不像李白一写到酒，几十岁的人忽然天真烂漫起来，令人难受。

最让我弄不明白的是敝楚的先贤屈原，就他的身世、际遇、文采、脾气，应该像是很能弄两杯的人，不然，他不到不得已很少提到"酒"字。通观巨作二十九篇：

《离骚》《九歌》《天问》《九章》《远游》《渔父》《大招》，皇皇万言只有勉强的三处提到"酒"字。这使我们打算引经据典抬出屈原夫子为发展湘西"酒文化"找个牢实的后台的希望破灭。

屈原先生两千三百年前到我们湘西"旅游"，虽然当时没有旅游局，古老类似"接待"的公关是会有的。"三闾大夫"相当于我们今天的副总理（郭沫若曾做过副总理，人问他三闾大夫是个什么级别时，他说相当于今天的副总理。后来又补充一句："副总理这个官并不区区也。"），小地方来了个大诗人兼大官的人物，一定照顾得很合乎"规格"，事实如此。《离骚》《天问》《九歌》如不在湘西，没有好的导游，好的款待，好的山水、树林，怎么写得出？你看！老爷子高兴，一住就是九年多。湘、资、沅、澧，四水走遍，傩愿祭祀演礼看透，灵山秀水，烟霞春谷，每每无不回荡肺腑，薜荔、女萝、石兰、杜衡以及"余处幽篁兮终不见天"，"石磊兮葛蔓"，这都是我们湘西的特点景致。有心人若沿凤凰城北门河西上，直至两义河、后洞、麻冲、田冲、豹子洞一带感受一番，必认为自己原来就是写《山鬼》的屈原。

外地朋友神往屈原《山鬼》中所宣叙的植物花草，本地人看来却是十分平常，无谓如此喧哗。

论酒，屈赋中有《东皇太一》之"……瑶席兮玉瑱，盍将把兮琼芳；蕙肴蒸兮兰藉，奠桂酒兮椒浆"的"桂酒"和

"椒浆"。桂花可以泡酒，市面上也有称名"桂花酒"的可买。真的桂花泡的酒不耐久藏，很容易变馊。馊后香味也就失去，没有意思了。我看，可能是"肉桂"的"桂"，这酒在意大利和德国及南欧一般都能喝到，有时也能吃到香馥带辣味的肉桂糕点，菜肴中也少不了肉桂作料。至于"椒"应不是花椒和辣椒的"椒"。"肉桂籽"这东西，湖南人嚼槟榔时会明白，夹在槟榔里状如"花椒"粒带甜辣味的"肉桂籽"。老一辈称其为"辣子"的，怕就是屈先生所说的"椒浆"泡的酒，那除特殊癖性爱好、麻、辣、烫的川湘大爷之外，恐怕很难端上筵席。有没有可能简直就是辣椒"酱"？但跟上头"桂酒"混不到一块儿，总不会喝一口桂酒再来一筷子辣椒酱的。

《大招》里的"四酎并孰，不涩嗌只。清馨冻饮，不歠役只。吴醴白蘖，和楚沥只"，这只是对酒性的介绍和分析。说给要"招"的"魂"听，其实自己并不热衷。看起来屈老前辈对酒的态度颇为可观，至于酒量，顶多跟我的水平差不多。

《渔父》中论到酒，这是大家都熟悉的"众人皆醉我独醒"。这个"独醒"是什么意思呢？跟大伙儿痛饮因为自己量大而不醉，仍然清醒呢，还是自己根本就滴酒不沾而那么直昂昂地醒着？

总而言之，屈老夫子不是个贪杯弄壶的酒人，皇皇二十九篇华章中少见酒气，是个事实。

屈原夫子到过湘西，是我们湘西人的光荣，湘西山川灵秀触发了夫子的灵感，写出《离骚》《东皇太一》《山鬼》……是我们湘西人的骄傲。

说到放逐，对屈原好像比较优待，自由自在，真有点余秋雨先生"文化苦旅"的意思。

"流放"，俄罗斯沙皇时代似乎用得多，有点头脑有点名气的文学家、诗人不少人都尝过西伯利亚的味道，包括列宁、斯大林这些政治活动家。看记载好像也是比较自由，活着回来的希望很大，其间还可以写小说，写诗，搞些串连活动，时空也不显得那么局促。当时监理人员都蠢，思路不宽，看不到"阶级敌人磨刀霍霍"的苗头。

"流放"得有点意思的是三百年前吴季子宁古塔故事：因为不满考试行贿复考而交白卷流放黑龙江宁古塔二十三年，苦虽苦，绝望归绝望，居然那里"流放"单位的领导会是个文艺"追星族"，不单请季子先生做他儿子的家庭教师，还任他在那里出诗集，一个月和同案犯三次雅集，饮酒吟诗……在京城的朋友也远远地跟他唱和。……纳兰明珠太傅家宴时，吴季子的好友顾贞观在座，明知顾不胜酒，明珠太傅却说："你把这盅酒干了，我帮你把吴季子弄回来。"顾贞观跪饮了这杯酒。

吴季子绝塞生还时，顾贞观已去世，吴季子在纳兰容若府上，每见到那块顾贞观下跪处的牌子，都恸哭一场。

一九五七年"反右"，我的一大帮尊敬的朋友都被送到西伯利亚隔壁的黑龙江去"劳动改造"，简称为"劳改"。就字面上看，好像一副慈善的"救命王菩萨"心肠的措施，一意要将人往人间天堂送的意思。这种安排毫无回旋余地，也没有远近唱和的胆量。喝不喝酒呢？不知道！有机会偷偷喝一点怕也会有。至于诗，因为监管人员不懂诗，见到劳改犯聂绀弩孜孜不倦，还以为他在写学习《毛选》心得，而不知道他在偷偷作诗，漏过了。……多少年后，"人间天堂"改造回来的人提到"改造"，脸上总免不了显出一种"身在福中不知福"的惨绿色表情……

在"反右"运动中，王震老人把艾青这个"大右派诗人"带到新疆军垦农场，过了好些年的师级待遇生活，算得上是件绝无仅有的"行为艺术"。

"递解""押解"如林冲，可就算倒大霉了；如武松，主动性在他，却又宽松得多，一路吃喝地过去，好不自在。

玉堂春的苏三呢？一边走一边唱，半路上还认了个干爹，那日子虽比不上吴季子和艾青，只是有个干爹和没有个干爹，味道可就大不一样。看起来苏三是个颇为懂得钻"政策和策略"

空子的才女。

最近我一直有个特别的念头在脑中盘旋，屈原的"流放"到底有多少"成色"？"放"到什么程度？

像"反革命"胡风，带着那一伙"愧对"的"战友们"被撕裂成四面八方呢（写到这里，总有个周扬的影子在眼前晃荡……），还是前头说到的我那一大帮尊敬的师友北大荒"劳改"的形式？或是被送去"上山下乡"糟蹋青春的形式？或者是在湖北咸宁农场让钱锺书管农具库房钥匙，唐兰河边守砖，沈从文管菜园等形式？或是像河北大平原上让解放军看管着每天三十二里来回的刘开渠、李桦、李可染、李苦禅、常任侠和我们几百人种水稻、割麦子的形式？……我跟大个子常任侠不在一个村，有天晚上在打麦场看演出时在小便所碰到了，他年纪大，那么大块头，居然会瘦，相对黯然。我说："全国人都爱社会主义，就'他'不信！"

常任侠说："有人要我们为江青同志'争气'，我三十年代就认识她，不晓得她今天又'气'哪个？……"

所以屈原的流放令我怀疑。应该不会像彭老总下放三线性质这么严重吧？屈原被放逐过两次或三次，是历史家研究过的。单独的放逐而不监管，可见犯的罪不是太大。自己脾气不好，上头又有了误会，之后觉得冤枉了他，加之外患不已，便把他召了回来。这是第一次和楚怀王的过节。

出了什么事呢？顷襄王二十一年，白起大将攻破了郢都，看起来要亡国了。战火期间，顷襄王带了人马逃奔河南。并非公家机关和老百姓都跟皇帝爷一个脑子，"七七事变"，蒋介石把政府从南京迁到武汉，再迁重庆，诸如此类的情况，东逃西散才是正理。老百姓就地取材，各跑各的。

屈原远在湘西山洼里听到传闻，能不忧心如焚吗？就创造了一个流放期间偷回郢都探亲，不经领导批准的先例。（我们河北军垦农场劳动的三年时间里也有人偷跑回北京探亲的，要不是家有急事，谁敢去学屈夫子的？）偷偷把家属安排到陵阳去，然后又循规蹈矩地回到湘西贬所。不到一年半时间，白起从前头打了过来，蜀守张若又从四川横扫而至，乱兵之中，屈原只好赶忙顺沅江往有家人的陵阳那边奔逃，动乱中的仓皇是屈原当时的精神实质。问题就来了：一定是两头都出了令其决心一死的事情，国已不国，家属们在陵阳出了不幸，这消息可能是在汨罗江附近听到的。"平兮平兮，尔将焉适？"就这样"扑通"一声跳进漫江黄泥的汨罗完事。

"文化大革命"的自杀可以参考，沈从文不自杀是因为家里人好！社会、家庭只要一边还过得去大家都不会想到死，里外两边夹着来，不死者几稀？

我遗憾就遗憾在这一点上。屈原家属不幸出事的消息为什么不早点传来？而假定恰恰好屈原正在我们凤凰写他的《山鬼》？我们凤凰山清水秀，沱江两岸树木葱郁，水质滑腻可人，五月的水温在二十二摄氏度上下，是最适宜跳水的。

可惜，可惜！屈原没有想到，后来太史公也没想到，王逸也没想到，只可惜古时候这些老夫子们都把跳水点定在汨罗，辜负了凤凰那一片山水景致，尤其是耽误了以后我们旅游事业的开发……

历史家往往把人的生活弄成扁扁的一片或是直来直去。屈原之跳下黄泥巴为底的汨罗，就只是张仪使计，子兰上官大夫弄了手脚的结果？从湖北一口气气到湖南，怀王放逐他三四年，襄王又来了他九年。一个烦恼熬了十二三年还想不开，一个活生生的、不停赋辞的情种，"政治"到这种程度？竟会因此而跳入浊水？世上怕未必会有这号傻人。

除了老死、病死和意外死亡，世上其他原因都是很"立体"的。

人说真理越辩越明，其实学问越辩越明。真理是现成的，辩不辩都摆在那里，动不了的。

历史，一代一代地探讨，倒是越来越清楚明白。

我说屈原的经历，从片面到立体，是最近几年我们湖南考古界的劳动贡献。

湘西的沅陵为什么叫做"陵"？直到出现上千秦楚墓葬才开始有了解答的可能。龙山的里耶也挖出上万竹木简，岂止是竹木简本身的价值？这一大批宝贝的发现，历史古老骨骼才见出鲜活的血络脉理，在某个历史阶段，大战争、大流徙、王公贵胄、档案机密，突然出现于穷乡僻壤，没有道理，才是见鬼咧！

历史家的智慧和劳动，使历史从片面的简册恢复到活生生的立体关系。"陵"有了着落，"简册"有了头绪，伟大的屈原有了依归。

好了，扯远了，还是回到"酒"上来。原来把屈原拉进酒圈子时想沾他老人家一点光，眼看费这么大劲仍然巴结不上。这位老夫子早上喝的木兰之坠露，晚上把掉在地上的秋菊花瓣当饭，是一点酒人的风仪都没有的。好像有人赠送从不抽烟的钱锺书先生一个烟斗，他就说"你这是送美女给太监嘛！"一样，可算找错了对象。

酒，我很欣赏，可惜一口就醉。在酒朋友旁边醺得面红耳赤倒是常有的事。

但是，我能体会得到"酒"是很妙的东西。

独酌的时候有点像填词、作诗或写散文，啜那么一小口，

111

一粒虾米干丢进喷香的嘴里，仰天眯眼，摇头摆尾，会心之处，难与君说。

酒里头没有遮拦，一旦喝将起来是娘老子都不认的。喝醉了的小打小闹，绝搞不出人民战争。所以"酒"具备一种和平的素质。醉鬼毫无组织能力，更谈不到战略思想，战争史上从无上千上万炮火连天的酒鬼战役。

酒人天生谦虚。给他倒酒你无须勉强。他说："少点，少点……"你就顺从地给他倒个浅浅的小半杯。下一杯你倒得再满，他也会对你微笑。……

凤凰县有两父子在家对饮。半酣时父亲对儿子说："你晓不晓得，我是你爹？"儿子举杯说："晓得，晓得！喝，喝！"席中时父亲又问："你晓不晓得，我是你爹？"儿子举杯回答说："喝！喝！晓得，晓得！"不久，大家都喝得差不多的时候，父亲又问了同样的话，儿子却大叫起来："你他妈！我才是你的爹！喝！喝！"

酒最大的好处是醉了会醒。

五十八年前，在国统区，日本人把我们追到没有路跑。我流落在江西寻邬县解散了的《天声报》朋友徐立那里，为的是寻找当时的女朋友（即后来的贱内）是否真的还在离城七十五里的乡下"公平墟"。消息确实，我就背上包袱（包

不可不醉　不可太醉

袄里有一点送给她姐姐儿女的饼干、糖果和一些换洗衣服）上路了。

一下在山顶，一下在山坳，走了一小半路程，累得也相当可以的时候，远远山下有个小茶棚子，走近了，却是卖酒。

什么酒呢？米酒。近乎古时"醍醐"的饮料，浅红，倒是比较浓稠。

看起来不像酒，喝起来也不像酒，炎热天有这么清甜而冰凉的米汤下肚，三十多里的辛苦完全抛在脑后。付了酒钱，谢过店主，继续赶路。

以后的十来里路是怎么走的已如南柯一梦。"今宵酒醒何处"？除遮羞的底裤之外，只剩下毫无诗意的林梢高处一轮明月和远远传来狗日的瀑布之声。

庆幸剥我衣冠、掠我细软的狗强盗，没有把我剁成人肉包子馅。只可惜那双刚买的汽车轮胎做的可穿万年的凉草鞋……我猜那帮强人在开剥我时一定边说边笑（我若在场也会放声大笑）。

大清早赶回到《天声报》，徐立正喝着粥，见到我，粥在下巴上挂了半尺长……

喝酒朋友我有的是：

几十年前北京中国美术家协会的传达室六十多岁的老赵，

就是个与酒形影不离的人。他上唇有撮浓浓的胡子，很像个清朝的县官。

有人到美术家协会办事必到传达室老赵那儿填登记表，他把登记簿给来人时，会醉眼陶然地说：

"干杯！"

大家跟他开玩笑说，他死了，用个大玻璃瓶把他泡起来，像医学院的胎儿标本一样。他开心地说："行！行！那得挑好酒啊！"

"啤酒！"有人说。

"喝！那哪行，啤酒不是酒，泡久了我会走形，不可！"

"那来一吨茅台如何？"

"嗯，好是好！倒是要考虑加强保卫工作了，说是说一吨两千斤，到时候参观的人来多了，冷不防一人一勺，用不了多大工夫，剩我一个人干蹲在空瓶子里，你想多寒碜！"

喝酒在政治上误事，或差点在政治上误事的故事从古到今比比皆是，我就亲眼见到过，不过误得不大。

好友吴甲丰是美术理论家，开国以后第一个有胆介绍法国印象派的正派学人。论本钱身体似"掌中轻"，到不了一百斤，政治面目"群众"。原没什么好耍的却偏偏像《四进士》里头那位宋世杰，爱为人打点小小抱不平。

我那个"猫头鹰冤案",就他一个人在小会上为我叫屈辩理。会虽小,胆子的确好大!那年月,谁有胆惹那个婆娘?

吴兄爱喝那么三两杯。到了军垦农场,三年间我们都找机会碰碰头。他的军用水壶里盛的是酒,我的军用水壶里盛的是铁观音茶。他的水壶空了,我便陪他步经坝上到十里外名叫"黄碧村"的小乡村合作社里去打满,然后再散步回来。这一路上各喝各的物事,浩叹各种东西……

我有一首"打油"诗送他,写的当时我们两个人的行为:

　　两斤红黍酒,

　　十里黄碧村,

　　塞草弄石头,

　　秋风刮老兵。

秋天了,原上野草黄成一片,我们让军队管着,有时也蒙惜称我们一声"农场战士"。

一天下午,连上通知开会听报告,并交代:"别忘了带酒瓶!"

甲丰兄对欢欣到来总是比较沉着:"喝!什么会?还要喝上一杯?嗯?国庆、中秋照理还没到嘛?……"他素来动作缓慢，提了个酒瓶一步一步还没走到晒谷场，远远发现没一个带酒瓶的人。

他醒过来了，要带的是批判苏修的"九评"学习文件。他轻轻把酒瓶放在一棵树旁边……

"文革"后，近十年收到他一封足足五页的钢笔书信，字体已显龙钟，浓稠的情感落在最后引用的两句古诗里：

"青草年年绿，王孙归不归？"

我回到北京，他离开人世已一年。他在暮年能到荷兰参加梵高百年纪念展会，信中满是兴奋快乐。一位一生研究美术的人第一次出国，我不晓得是跟他一起开心好，还是一个人难过好？

蓝玉菘，中央音乐学院中国弦乐系前主任、书法家、金石家、兽医。改革开放以前火车上车厢里挂着的那块玻璃框的铁路章程也是他草拟的。古典戏剧学者、文物收藏家、"右派"。小我一岁。

每年京剧界的琴手都要找机会向他请教琴弦功夫，弄得玉菘的夫人也怀疑起来：

"在家里从未听他拉过京胡，他讲的那些道理真那么顶用吗？"

"有，有！太有用了。听了蓝公一席话，我们的琴技就拔高一级！"

我用的那个大圆形朱文名章，就是他刻的。他也常把得意的草书（大多用毛边纸）带来送我。书法非常精到，笔法飞舞间夹带着万重悲凉……

那是"文革"晚期全民有幸能在夹缝中喘口气的时候。他的光临总在夜晚八九点钟以后，且大多是刮风、下雨、下雪天气。所以碰到雪夜，我妻子就会看看窗外飞雪，打趣地说："蓝玉菘该来了！"

进得门，轻轻放下手中的小布提包，从里头取出个小小青花提梁壶放在圆桌上：

"这次是'宣德'。"

再取出个小斗彩酒杯：

"成化！"

于是自斟自饮起来。

我的是茶，跟他对聊。

家人和孩子早就在里屋睡了，就我们两人，"今夕复何夕？共此灯烛光"，我们不谈讨厌的东西，包括造反派活动、中央领导关系、本单位新闻……不是不好奇，只是不想清静中徒增缭绕。

有时候也冷场一两分钟或五六分钟。于是忽然：

"张宗子也做作，重叠的句子为了作文章，不是感觉……"

"我不下棋，说是静穆养气，其实是一个'争'字……"

"……你知道赵温叔吧！两句诗罢了官：'太平宰相堂中坐，天竺观音却下山。'"

我们也学习主席诗词："……'搅得周天寒彻'，'人或为鱼鳖'，你看这两句……精彩吧？"

"……有人请刻图章，凡想刻某人诗词的，石头一律没收……"

温温地，淡淡地有一句没一句地……十一点、十二点左右，喝干了一壶酒，取出块小毛巾拭干净酒杯，包好，放好："好！我走了！"

十多年后我回北京，多方打听他。

平了反，恢复了公职，补还了工资。

我有了较好的住处，正适于痛饮的时候，没来得及等我呼朋唤友的当口，他却悄悄地走了……

上个月，我带了位家乡烧菜大师傅到北京家里来，他烧得一手家乡菜，尤其麻辣活精彩。年纪四十多一点，不爱说话，也欣赏北京生活，看样子优哉游哉，很有点风神。

前几天，有七八位外头来的朋友谈事，且说定在舍下晚餐。于是我就吹起这位大师傅如何了得，并介绍事先准备好的菜式。

下午三点客人到齐，喝茶，到了五点，也算是客人的一位当官的女同乡附在我耳边说了一句让我蹦起来的话：

"你那位厨师喝得大醉，起不来了！"

"一点醒的希望都没有？"我问。她摇摇头。

真像上医院探访快要断气的长辈，向护士打听消息："那，那后事怎么办？"

"别急！别急！晚上这顿饭包在我身上！"她捋手进了厨房，解了我的围。

第二天早晨可能他接着又喝了一顿，请他来说话，带进满屋"酒鬼"之香，摇摇晃晃眼看不是说话的时候，明显宿醒未醒又添新醉……

这气势对我的藏酒明显带来危机。"伏寇在侧"，不利我待客的泉源，于是好言相劝，送回凤凰。

世上酒、色、赌难劝难改，唯独一个"酒"字不可侮。偷酒偷书最好都不用"偷"字，谁都不忍心眼看这善良行为的沦落。

那位厨师我一辈子也忘不了，可以交这样的朋友，但难以共事。

兰亭曲水流觞那种雅行，难以想象，我倒是真实听说过类似的热闹场景。

三年困难时期，青岛市一家靠海的大酒场的酒窖一口几十吨酒桶漏了，形成决澜形势。一股洪流好酒自大门奔腾而出流向大街，流向小巷，流向低洼适于流淌的所在，于是周近的酒徒们挈妇将雏，提桶捧盆勺之舀之，来回呼叫，真是做到我们常用的那句"形势喜人"的场面。另一批优雅人士则带了开花蚕豆，炒或炸或煮的花生米，顺着大街涓涓流淌的小酒河，罗列成兰亭前后上下局面，盘坐举杯，互祝平安幸福……

　　真是活脱一场魏晋风度演出。有那么巧，没那么好。流淌的全是珍贵财物，享受的大多下里巴人，却没一个犯法。看的人比喝的人多，里头听说还有大笑着的公安警察，想想，谁不怜惜心痛这一帮可爱的酒徒呢？

　　我祖父黄镜铭，帮熊希龄做了几十年事，一直住的北京香山慈幼院，就是他一手经办起来的，只是我查过有关香山慈幼院的材料都不见他的名字，原来他另一个名字叫做黄晓湖，那就对了。

　　祖父跟熊希龄好像有亲戚关系，到我们年轻这一代，一点影子都没有。我们文星街有三家姓熊的，没熊希龄有名的熊希严应该是熊希龄的近亲，房子很有气派，石头门槛，左右有小石狮子，讨饭的就着石狮子边上向里头号叫。院子里两棵高齐房顶的红白大茶花。熊希龄的老屋被挤在隔壁小衕子里，小小一个院子。另一家是街尾靠土地堂的熊皮匠，做钉鞋和简陋马具兼补点什么皮刀带、刀壳套和破皮鞋，熊皮匠有节操，从未听过他攀扯阔气有名的人家。

祖父在北京熊家做事，看起来是优厚的。他爱喝酒的深度受到熊希龄的关注，我的"矮子二表哥"和远房小三叔在旁边照顾他而由熊家支薪可以证明。七十六七岁被安排回湖南芷江，小三叔和"矮子二表哥"随侍两侧。

祖父隔三两年从北京或芷江回一趟家，动静很大。

这老人脾气不好很出名，人却是正派受人尊敬。身边那两个酒徒弟得到祖父的言传身教，也练出一番惊人酒量，至今凤凰还很有口碑。

我父亲不喝酒，他兄弟中排行老三；老四叔倒是酒的天分很高，祖父回家那天起，他总是见机就躲起来。他明白祖父不喜欢他。是不是因为他喝酒太多或是资深的老酒徒厌恶酒晚辈？这话打哪说起？老四叔原本可申诉的！他是出名的老实人，他不敢。

难道是因为祖父嫉妒老四叔的酒德和酒量？这矛盾原可以在酒杯面前痛饮场合中化干戈为玉帛的。祖父却每次都要在众人面前宣称："子和回来，叫他到我屋里来。"奇怪的是，不晓得是酒神还是傩愿菩萨从来不给祖父这个机会⋯⋯

四叔总是晚上十点或是十一点钟回家，且竟然在屋檐底下抠着喉咙放声大呕。"君当恕醉人"，对醉人进行训诫，智者不为也。所以只听见祖父在房里恨恨，使劲抽他的金堂雪茄⋯⋯

一大早起，天麻麻亮的时候，我父亲赶紧起床为祖父用打气炉子弄上汤面和下酒菜，好，这就看祖父的了。这边的他半斤酒下肚之后，那边的四叔子就从容地起床。跟全家用过早餐，仪态大方地置醉卧于榻上的祖父于不顾，潇洒地上班去了。

父亲忍不住朗吟起杜诗来："⋯⋯动若'参'与'商'喔⋯⋯"

我以后读天文学的书才知道"参"与"商"其实是同一颗星，早上在天这头，晚上在天那头。幻想着祖父和四叔两父子跟全世界酒徒们都醉卧在一颗"酒星"上发着光，不停地绕太阳旋转"参"与"商"。

师承祖父们功力最深的"矮子二表哥"对于凤凰县酒文化的推动和发展，尤其在教育和培养下一代接班人方面取得了无可估计和难以代替的功绩。

他的一生是快乐的一生，是光辉的一生，是勤奋的一生。他活了八十七岁，酒醉而终。

他的职业是屠夫，牛、羊、猪是专业，兼理散值的屠狗。他禀性慈祥，矮以为名，胖以为实，两眼细长，笑起来形成一条线，人爱称他为"笑罗汉"。从没人和他闹过架，一是他的脾气，二是他的力气，加上身边那把亮晃晃的屠刀。

对于酒文化的贡献，他有一句可能震动哲学界、经济界、政治界、人文学界的名言："不要买贵酒，糟蹋钱！"假若全世界都听了他的话，世界将倒霉成怎么样子？可怕的后果在于这段语录十分之有道理！

真正喝酒，哪在乎酒德贵贱？

忘了《老子》开篇第一章，第一、二、三、四句了吗？"道可道也，非恒道也。名可名也，非恒名也。"把"道"字换成"酒"字，你说"矮子二表哥"是不是一位"酒哲"？

从十几岁喝到近九十岁，"酒龄"不可谓不长，照今天酒的行市，他喝的"包谷烧""高粱烧""苕烧"每斤不会超过五块钱。有人说喝劣酒伤身，一个人能喝到九十岁，伤不伤身也就无所谓了。

记得五十多年前楼适夷先生给我讲鲁迅先生给他讲的一个故事。绍兴酒铺子一个人在喝酒，见过路挑碱螃蟹担子的，顺手摘了一只小蟹爪，吮着蟹爪喝完他那杯酒之后，小心将蟹爪塞进砖缝里。那人一走，店伙计促狭扔掉他的蟹爪，换上一根同样大小长锈的弯铁钉。第二天那人从砖缝提出他的宝藏，吮了一下铁钉，喝一口酒，尽兴之后，仍然把铁钉藏进砖缝，扬长而去。

这种酒德修养也都是很接近《老子》的道理。

"矮子二表哥"会弄菜。他搞的红焖猪爪，全县有名。前一天晚上得到通知，第二天大清早他就会提着十来斤带毛的猪爪子来敲门，一个人蹲在灶门口用烧红的烙铁细细收拾这一个个精美得像绣花荷包的东西。熨烫衣服袖口和折边的长把小尖烙铁，有如刻花的雕刀在肥猪爪上下左右及缝隙细处灵巧运行，焦毛和皮下脂肪的烟雾洋溢在厨房中，融合成一个美好预兆，由不得你不流口水。然后"矮子二表哥"把这些小精灵似的东西倒进大锅，再往灶门里甩进几小块好柴，像炼丹炉边的太上老君一样，嘴巴不停地念叨些什么……

底下配料烧制的学问很少让人偷师。晚上一大盆子猪爪上得台面，那一个个晶亮不带汤水的猪脚爪到口消融，软糯香麻之处简直让人想"死"。

众人吃了他创作的神品还在背后骂他，说他脏，边做边擤鼻涕，喷口水，不洗手……

要干净，能这么好吃吗？你把厨房搬到卫生院去好了！

有一个日本故事。

日本某部队每天早点名时，一个士兵总是挨揍。他天天醉醺醺，令军曹难以忍耐。

天天打，天天醉，军曹也纳闷起来，严格的作息时间没有这个士兵钻空子的机会，检查床铺上下左右里里外外，没发现任何喝酒的痕迹。问士兵本人，他也交代不出个所以然来，只嚷嚷自己从不喝酒。后来送医院检查才发现他有一个造酒的胃。任何粮食吃进肚内，都会一下子酿成醇酒，而这个士兵又是个不喝酒的人。不喝酒的人天天满肚子酒，怎能不醉？于是只好像一句诗所说的"不是愁边即酒边"的那种境界了。

为了酒，受这么大的委屈也真是难得。

不知道是日本哪家医院哪位大夫检查出这个精彩的毛病的？反过来我想知道，像男变女和女变男的手术一样，可不可以给所有好酒的朋友装一个酿酒的胃，让天下的酒徒们享受既"酒醉"又"饭饱"的一分钱掰两瓣花的极乐世界？

可惜我的两位好友潘际坰和邹絜嫨兄嫂都先后去世了，留给我的只有伤痛的余香。我们两家的交情持续了五十多年，无论是太平或动荡年月，我们都没有丧失友谊的信心。

这两夫妻真有点特别，丈夫文雅蕴藉，妻子坦荡豪侠，妻子胆大，丈夫胆小。他们都倾心世上一切美好的东西，好艺术、好文学、好音乐、好饮食和讲究的菜肴，好的烟、好的酒、好的衣饰，而且是一对好父母，教养出几位很有出息的孩子。

并且，谁也不准说他朋友的坏话，他们的朋友都是心目中世上一流品类。

我们背后都笑称女的是十三妹，男的是安公子。

兄嫂都好酒，而且好好酒，酒的学识精深无比，尤其是好客的癖性让朋友鼓舞佩服。嫂夫人的江浙菜肴的烹调手艺一流，我们北京城十几个朋友成为经常被招饮的对象，凡半月空闲就认为是异象。

批黑画那段时候，我成天都在挨批，其实事事很简单，无非我给当时还不认识的南京画家宋文治的册页上画了个猫头鹰，要我承认是给北京饭店画的，北京饭店那么大，册页上的猫头鹰那么小，能挂到哪里呢？就算给北京饭店画的，怎么就变成攻击社会主义了呢？何况在画上明明题了宋文治的名字。诬陷的目的指向周恩来总理，而调我到北京饭店参加美术设计工作是周恩来、万里同志的意思，也就是说："周恩来总理和万里同志调来一个攻击社会主义的画家到北京饭店。"猫头鹰又如何攻击社会主义呢？爪牙们说："一眼开一眼闭就是攻击社会主义。"为什么眼睛的一关一闭就是攻击社会主义？说来说去，这帮爪牙也弄不清楚。不停吵、嚷、骂！

我也可怜这帮爪牙，他们为我的事背后忙得比我还累，日日夜夜弄材料，跑外调，还要在会上大声地叫喊，拍桌做表情……我也累，上、下午挨批，回答问题，只是不管如何遭遇轰炸扫射，把住我根本谈不上画一只猫头鹰去攻击社会主义这道关。一攻一守，一夫当关，万夫莫开，弄了近两个月，挨批之后回家还要写明天的交代检查。这种累比挨批还可怕。絮媖大嫂说："好好吃，好好睡，留精神对付他们！这年月，活都不怕，还怕死吗？"

老潘兄则每晚开通宵为我写检查，第二天一早上去他们家按稿重抄一遍，带上学校。大嫂说，老潘兄每晚都汗流浃背，他胆小，他害怕呀！为了朋友又不能不写，半夜三更，嫂夫人掀起被窝坐起来骂他："你看你，又不是你出事，怕成那副样子，都三点了，快写完了好睡！"老潘一边写一边说："别吵！别吵！永玉清早来拿！"就这样为我做这检查，工作了一个多月。

写这么多与酒无关的话做什么？有关的！

他两夫妇都爱朋友。为朋友真诚地承受苦难……絮媖嫂爱做好菜，像诗人写出得意的诗要读给人听一样，总要招人一同共享。太平年月算不了什么，"文革"期间，居委会定她是资产阶级，剃了她半边头，要她每天大清早扫好长一段胡同。胡同一扫完，回家洗脸洗手，包上头巾上菜市场（免得人们见到她"阴阳头"）。买回来一个七斤多重大鱼头，于是就打电话招我们这一伙人晚上上他们家去。

朋友一边喝酒吃鱼头，一边轻声地说："你的胆比这个鱼头还大！都什么时候了！

她说："我怕什么？不偷不抢！不反革命！历史清清白白，不就资产阶级作风嘛！不过就是爱点打扮嘛！居委会都说我地扫得认真，像个改造的样子，一个家庭妇女还能怎地？我故意穿好料子衣服，包漂亮头巾扫地……让他们看看！"

"文革"期间，他们家藏的好酒眼看喝完了，就买市面上能买得到的，朋友也帮忙张罗。就在这当口"四人帮"服法，天下大白。

从此，大家可以大声说话，聚会的机会更多起来。我是个不喝酒的酒徒，有如胆小而喜欢热闹的人买爆竹请别人放，经常买酒的份儿就由我主催了。外头送我的洋酒、土酒，也就是点滴归公地送到他们府上。多少年过去了，我跟家乡的厂挂钩之后，酒的品牌进了北京，最开心的是他们两夫妇。

"真没想到，你们家乡出沈从文，还出这么好的酒！"

这两位酒的老行家逢人就帮着吹我家乡的酒好，还夸张地说："有此酒，不做第二酒想！"

后来，他俩定居香港。我凡去港，仍然带家乡酒送他们。不久，有成就的儿女接他俩去了美国，间或也回回国，我仍然陪他俩喝故乡的酒。他俩的神气，真用得上"陶醉"这两个字。

絜媖嫂曾说过："最希望有一棵能挂秋千的大树……"

我在佛罗伦萨、圣塔玛托山上的家，前院有棵巨树，伸出一大枝可以挂秋千的树干，邀他俩来做客，每次来信总说好、好、好！却总是不来。

絜媖大嫂先几年去世，老潘到过万荷堂多回，最末一次像是告别，三天后逝世在北京的医院。絜媖大嫂除了去过我香港的家之外，意大利的"无数山楼"，北京的"万荷堂"，凤凰的"夺翠楼""玉氏山房"，她都没有到过……

东坡说：

"……不应有恨，何事常向别时圆……"

人到老年，想起往日的朋友，怎不心酸？

二〇〇三年八月二日晚斜月当空写就

130

华彩世家

巴先生

我一直叫他巴先生。一九四六年底我到上海就住在他的文化生活出版社职员宿舍两三个月，跟他当年泉州平民中学的学生林景煌住在一起，并得到林兄的照顾。那个宿舍高级，门窗讲究，也安静，在一个弄堂里，门外是菜市场，清早晨很热闹，记得仿佛在虹口那个地方？

那时候社会十分动荡，民主运动热火朝天，我是中华全国木刻协会成员，在几位老前辈老大哥——李桦、野夫、陈烟桥、阿杨、邵克萍、麦杆、西厓带领下学习和工作。日子比较艰苦，不知道哪儿来的冲动，刻木刻，做传单，用不完的力气。

第一次上巴先生家是跟黄裳、汪曾祺两位老兄去的，兴奋紧张。巴先生话少，只夫人跟黄裳、汪曾祺搭得热烈。

巴先生自己写的书，翻译的书，出的别人的书，我几乎都读过。认识新世界，得益于这些书最多。我觉得他想的和

左起：杨可扬、邵克萍、赵延年、李桦、王麦杆、黄永玉、余白墅、章西崖、仇宇、
陈烟桥、曾景初

该讲的话在书里都写完了，他坐在椅子里，脸孔开朗，也不看人，那个意思是在等人赶快把话讲完走路。却又不像；他仍然喜欢客人在场的融洽空气的。只是难插一句腔。

所以他逝世后朋友写他的论文易；时常接近他如黄裳兄的，写回忆生活交往就只短短两篇文章，再高明的手笔，也拨不出什么灵气。

我喜欢巴先生那张古典的与众相不同的脸孔。

几乎每一位老人家脸上都悬挂自己灵魂和历程的准确的符号，这是不由自主的奇怪现象，请仔细回味：

鲁迅先生的，

郭沫若先生的，

茅盾先生的，

叶圣陶先生的，

俞平伯先生的，

沈从文先生的，

曹禺先生的，

老舍先生的，

胡风先生的，

周扬先生的，

钱锺书先生的，

巴金先生

萧乾先生的，

……

读过他们的书，了解他们一生，再仔细揣摩这些老人家的长相，一个萝卜一个坑，内容形式绝对统一，天衣无缝，换成另一张脸孔是根本不可能的。

巴先生有一张积压众生苦难的面孔，沉思，从容，满是鞭痕。

巴先生一生辛劳，不光是累，也美。

他和数不尽的好友——陆蠡、朱冼、丽尼、师陀、朱雯、许天虹、李健吾……耕种长满鲜花的花园。

我是闻着这座花园的芬芳长大的。

女儿今天早上说：

"文化人好脆弱，容易在大时代夭折凋零……"

二〇一一年十一月七日于香港山之半居

华彩世家

　　清末杰出的政治革新家陈宝箴先生和他的公子陈三立先生的政治生涯，是从我们凤凰县开始的。

　　光绪元年（1875年），陈宝箴先生被任命为湖南辰、沅、永、靖道职务，驻凤凰厅。

　　陈宝箴先生父子运用精深通达的学识和高尚的人格，为凤凰人民做了许多根本性的好事。

　　疏通巨石磊磊、河水湍急的沱江，还节衣缩食捐凑出私俸完成了这个工程。"……自泸溪北通沅水，舟楫辐辏城下（凤凰城北门），兵民大欢……"（郭嵩焘《陈母李太夫人墓志铭》）

　　清除横行乡里数十年，欺压百姓、关系复杂、作恶多端的欧阳家族的恶霸势力。

　　鼓励凤凰人民栽种番薯以补口粮之不足，栽种竹子、茶籽油树、桐油树促进小生产的发展，至今凤凰人还蒙受恩泽。

执行了协调苗汉关系的民族政策，令各民族在一定时期内得以和睦相处。

在凤凰一年零四个月任期满离职，回长沙待命。

后在河北道、浙江按察使、广东缉捕局、河南治理河道、湖北按察使、直隶布政使、东征湘军转运粮台诸任上均有杰出政声。

光绪二十一年（1895 年）擢升湖南巡抚，多年理想抱负有了实践机会，遂逐步进行了湖南维新变法政治活动，成为中国十八行省的革新先驱。"湖南旱饥，赤地且千里"，"朝廷深以为忧，催促陈宝箴迅速赴任，无须入京觐见"，抵任后即时开展艰辛的救灾工作，从而解救了湖南全省的危困；开办启导新思想的《湘学报》；开办"时务学堂"，聘任凤凰县人熊希龄为"提调"（校长），梁启超、李维格为"总教习"，培养了无数精英人士（章士钊、蔡锷、杨树达即为第一班学生）；办内河小轮通航；力争粤汉铁路折而入湘，成为事实；设电报局；支持私人创办实业；健全湖南邮政；革新湖南教育，设算学、格致、物理、化学、外语、商务诸学科；倡议成立"南学会"醒导民权；立议会，促使地方自治，是湖南新政命脉的苗头所在；网罗人才，庶几使当年全国思想才干最杰出人物都成了新政的骨干，如邹代均，张通典，欧阳中鹄，朱昌琳、朱鄂生、朱菊尊父子，罗正均，黄笃恭，喻兆蕃，吴铁樵，廖树蘅，江标，蔡钟浚，唐才常，易蒲，黄遵宪，梁启超，谭嗣同……

湖南的革新运动在陈宝箴、陈三立父子统率下进行到热火朝天之际，光绪二十四年（1898 年）八月十三日，六君子遇害。八月廿二日，陈氏父子接到谕旨："湖南省城新设南学会、保卫局等名目，迹近植党，应即一并裁撤……湖南巡抚陈宝箴，以封疆大吏滥保匪人，实属有负委任，陈宝箴即行革职，永不叙用。伊子吏部主事陈三立，招引奸邪，着一并革职。候补四品京堂江标，庶吉士熊希龄，庇护奸党，暗通消息，均着革职，永不叙用，并交地方官严加管束。"

光绪二十六年六月二十六日（1900 年 7 月 22 日），"千总公戴闳炯率兵弁从巡抚松寿驰往西山岘庐，宣太后密旨，赐箴自尽。宝箴北面匍匐受诏，即自缢，巡抚令取其喉骨，奏报太后（普之《文录》）"。陈宝箴先生逝于南昌西山岘庐。

陈三立先生是中国近代史、文化史上灿烂的人物，是维新四公子之一，是清末直至民国同光诗派的领袖。一九三七年，卢沟桥七七事变，北平沦陷，陈三立先生严词拒绝日本人威逼利诱的收买，嘱家人以扫帚逐出前来劝降的汉奸走狗，这位八十五高龄的中国诗坛泰斗，拒服医药绝食五日，于农历八月十五日以身殉国，表现出中国知识分子高尚的民族气节。

光绪二年（1876 年）二月十七日，凤凰的道台衙门内后院东厢房，陈宝箴先生的孙子、陈三立先生的长子、中国未来的大画家陈衡恪（陈师曾）诞生于此。

陈衡恪出生于凤凰，无疑给凤凰县增加了光耀。

陈衡恪先生于青年时期与鲁迅先生就读于江南陆师学堂附设之铁路矿务学堂。复与鲁迅及六弟寅恪东渡日本留学，入日本高等师范攻读自然科学。回国后于南通师范、长沙一师执教，后任北京政府教育部编审（又与鲁迅先生同事），兼任北京女子高师博物教员、北京高师手工图画教员、北京美专教授。

陈衡恪先生是中国近代优秀的山水、花鸟、人物画家，又是中国近代风俗画的开创者，是卓越的诗人和新文化思想的传播者。

齐白石先生五十六岁时得力于衡恪先生的启导，为一生艺术的转折点"衰年变法"提供了思想和实践基础。陈先生和鲁迅先生以后的年月，同住北京，有较多来往。

衡恪先生是个著名的孝子，为继母奔走医药染病，一九二三年八月七日逝世于北京，享年四十八岁。他的英年早逝是中国画坛巨大的损失，梁启超先生称之为"中国文化界的大地震"。

陈寅恪先生光绪十六年庚寅（1890年）五月十七日生于长沙唐代诗人刘蜕故宅（即后来的周南女子中学），是衡恪先生的同父异母的六弟。十三岁时随大兄衡恪赴日留学，二十岁时赴德国入柏林大学，一九一一年入瑞士苏黎世大学，一九一三年赴法国入巴黎大学，一九一八年赴美国入哈佛大学，一九二一年再赴德入柏林大学研究院。

寅恪先生是当代国际和国内不可代替的最有学问的史学家和诗人。一生工作于学术研究机构，并在大学任教，是国内最受尊敬的文化贤者之一。

寅恪先生逝世于一九六九年十月七日"文革"期间的中山大学，享年八十岁。

陈氏三代和湖南、和凤凰都有深厚的历史渊源。如上简单的历史掌故，立碑于当年宝箴先生任职的旧址旁，谨作为对陈氏三代贤者的历史美德和道德美感的追忆，使后人能沐浴这文化历史的荣光。

后学凤凰黄永玉敬书
二〇〇一年六月于京华万荷堂

本文得益于蒋天枢先生、刘以焕先生、叶绍荣先生、张求会先生的资料，特致以感谢。

《华彩世家》碑文外记

去年在香港家里读到几本有关陈宝箴、陈三立、陈衡恪、陈寅恪三代先生的书，在里头忽然发现衡恪先生诞生在宝箴先生"湖南辰、沅、永、靖道凤凰县的任上"，在我小时候就清楚的道台衙门内后面的公馆的东厢房（1876年农历二月十七日生）。我尊敬佩服的陈衡恪先生居然出生在我们小小山城凤凰，不禁令我欢欣万分，不敢当之至！

陈衡恪先生是我从来就尊敬的画家。有学识、有见解、有功力不吹牛皮的画家已经很少，我从人丛里拜服于衡恪先生。五十年代在一个很精致的画展中，几十幅衡恪先生的画让我着了迷，尤其听说他在日本学的是自然科学。想想看，画画的有自然科学的基础，将会有多么宏阔的发展！不幸，他英年早逝，孝子的行为断送了他的生命，四十八岁死在北京。当时中国艺坛正如梁启超先生所说的，经历了一场大地震！

原先我也不清楚陈宝箴先生、陈三立先生的辉煌政治生涯是从凤凰县开始的。老先生思想通达精明，一眼就找到凤凰县贫穷的原因，紧紧抓住四件根本事情：

一、根治了岩石磊磊、奔流急湍的河道。凤凰县城外今天河道涓涓清流，谁能想得到一百多年前的光绪元年的河道是什么样子呢？连感恩似乎也无从着落了。

二、解决了危害乡里多年的欧阳家族横行霸道、欺压百姓的恶势力，使凤凰全城人民生活得到安宁。

三、采用开明的民族政策，缓解了汉苗之间多年的民族矛盾。

四、凤凰山多田少，百姓为无米所苦，宝箴先生鼓励多种番薯以补大米之不足；又提倡栽种竹子、茶籽油树和桐油树，促进小生产的发展。

可惜两岸百十里的竹林，却因为后来当作可以随便打破的坛罐一并消失了。水土、空气因此起了变化。幸好最近二三十年政府在绿化上下了狠劲，绿色情绪又饱满起来，形成一个让人眉开眼笑并可以让旅游者参观的自豪之乡。

宝箴先生、三立先生、衡恪先生未免走得匆忙，不到一年零四个月，就离开了凤凰。他们带走了一个在凤凰出生的中国未来大画家，留给凤凰一百二十五年后流向洞庭的清澈的河水和满山番薯、茶籽树林、桐油树林及因为曾经有过的竹林而兴起的竹编艺术。

宝箴先生做道台的那座道台衙门我是熟悉的。

我外公家在离县城四十五里的得胜营，外公做过浙江宁波的知府，死在任上，灵柩从宁波盘回得胜营。我只是听到这么说过。外婆姓萧，是宁波人，得胜营外婆的房子又深又大，她带着舅舅住在那里。我小时候常到道台衙门里去的原因是得胜营一位六七十岁姓萧的胖老头萧选青先生在当县长。是不是有别的原因我不清楚，我和弟妹们都称他作"萧舅公"。这似乎有点莫名其妙。我外婆虽然姓萧，但她是宁波人，萧县长论不上是我外婆的兄弟，倒不如说大家都住在得胜营，都是当官的，都是熟人，就算是"舅公"称呼了吧！要不然，我外公姓杨，拉不上关系的。

记得"文革"时造反派批斗何长工老先生，质问他为什么公然当面称毛主席为"老毛"，称周总理作"小周"时，何长工老先生回答说："我叫他，他答应嘛！"

看样子我之称"萧舅公"也就是"我叫他，他答应嘛！"的意思。

想起萧舅公的样子，我至今还画得出来。他上唇上有撮浓浓的胡子，大头，不算高，但胖，不是非常胖，而只是相当胖的那一类。大嘴唇，大鼻孔，嗓子宽厚，喜欢喝酒。思想开通、学问渊雅是我长大以后听人说的。据说表叔沈懋林的名字是他主动改成"沈从文"的。

萧家有好多人，有萧舅婆，有萧舅和萧舅娘、舅妈、萧大娘、二娘，还有个萧纪美大哥。他和我的年龄有段距离，大我三四岁光景，只能说很勉强地跟我偶尔玩在一起，接近于逗一逗的意思。后来听说他到美国麻省理工学院读书去了。解放后回国是一位大有成就的钢铁专家权威。

我母亲是女子学校的校长，又是个共产党员，负责搞宣传的，又是那个家庭的麻将牌友。为了学校的事要找县长，为了共产党宣传活动的矛盾要找县长，为了打麻将也要进县衙门。一去，不免将我带在身边。

对人的印象，萧舅公的言谈举止有影子之外，别的都模糊了。他中午睡觉打呼噜，那种呼噜之规模，是我活到今天七十多岁的见闻中，够得上前三名的。也可能后面厢房木质结构适合高低音复杂变化演奏，共鸣效果起到烘托的作用，简直把我吓坏了！因为不明白，我那时只两三岁，鸡叫、鸭叫、牛叫、狗叫、羊叫、雀儿叫，那是听过的；接近大自然规模的巨响呼噜算是第一次。根本来不及归类的恐怖，才是真的恐怖。

倒是对县衙门的格局有深刻的印象。我确认萧舅公的呼噜是个可以理解的现实之后，便自由地在县衙门内纵横浏览了。上三步石阶进衙门，一个长着浅草的小广场，再上两三级石阶到了审案子的大堂，两旁木架子上挂着"肃静""回避"的木牌子和大红灯笼，打屁股用的各种型号木板，中间是一座公案，惊堂木、笔筒、笔架、朱砂砚台俱全。公案后是座椅，座椅后是大屏风，画有海浪和半个红太阳。屏风后左右两边可进后院。县官的花园私居处就在这里，很大，中间是直达后厅的一条通廊，两旁有栏杆靠手，周围也有走廊，比较小，和中间通廊之间相隔成东西两个花圃，石榴、牡丹、兰草之类种在那里。

大厅两旁是东西厢房。县太爷在大厅会客，家人在东西厢房居住。有关材料所说的陈衡恪先生出生之处就在东厢房内，现在是家眷居停之处，时不时发出叫牌和洗牌的声音。打呼噜的萧舅公则住在西厢房。

后厅之后是厨房，是侍从与大师傅的生活点。有口大井，我不敢去。

这些地方眼下都不在了，盖了一批自以为是的办公洋房子，我不喜空讲排场的土摩登，要空气没空气，要顺畅没顺畅，上楼下楼，劳累十分。不是所有的老建筑都可爱得了不得，有的很腐朽肮脏，不值得留念；我说的是那些统一、融合在山水中的传统建筑群，它具有另一种文化和情感意义，不像边施工边设计的庸俗实用主义的东西，让人遗憾地活在里头的那类东西。

衙门有衙门的派头，庙有庙的派头，住宅有住宅的派头，酒有酒壶，茶有茶壶，人总不能个个像醉打山门的鲁智深，提着木桶喝酒的嘛！眼前人住的新房子，难得有点变化，白瓷砖之外仍是白瓷砖，间间看起来像澡堂子。盖房子怎么能光听设计师的，你这个主人翁到哪里去了？别说现代人生活玩意多，你想想，往日的那点生活程式好有特性！好有变化！

这几日，我在为凤凰县道台衙门口写一篇纪念陈宝箴、陈三立、陈衡恪、陈寅恪四位先生的碑文，感谢他们祖孙三代给予凤凰的建树，也让本地人感觉到一百多年前有这么几位大人物光临过凤凰县，这牛皮是吹得的。

所以我为陈先生三代书了一块碑，竖在原来凤凰县衙门外墙上。

二〇〇一年

清流绝响

苗子兄死了。

我听见噩耗之后很从容镇定，凝重了几秒钟，想了想他温暖微笑的样子……

意大利、西班牙那边的人死了，送葬行列肃立鼓掌欢送，赞美他一辈子活得有声有色，甚至辉煌灿烂。听说往时河北省一些地方，老人家死了，也是像闹新房一样热闹一场，讲些滑稽的话，真正做到了"红白喜事"那个"喜"的意思。

地区有别，时代也不同了，换个时空，这种做法使用不当很可能酿成天大祸事。

苗子兄死了，成为一道清流绝响。上世纪三十年代漫画界最后一个人谢幕隐退了。

苗子兄的第一幅漫画作品发表在一九二九年，十六岁。我一九二四年生，那时五岁，没眼福看他那第一幅画。一直到抗战胜利后的一九四七年，我在上海刻木刻，懵懂过日子，接到苗子、郁风兄嫂他们两位从南京发来的要求收购我木刻作品的书信之后，才认真地交往起来。那时我二十三岁，他们也才三十二三岁，六十五六年前的事了。

十六岁的孩子可以哄抱五岁的孩子，三十二三岁的青年跟二十二三岁的青年却成为终身知己。

跟他们两位几十年交往，南京、上海、香港，最后几十年扎根北京，四个大字概括——"悲、欢、离、合"。

他自小书读得好，字写得好，因为跟的老师邓尔雅先生、叶恭绰先生……了得。我哪谈得上学问？我只是耳朵勤快，尊敬有学问的人。

我觉得自己可能有一点天生的"可爱性"，向人请教、向人借书，人家都不拒绝。藏书丰富且爱书如命因之"特别小气"的唐弢先生、叶灵凤先生、阿英先生、常任侠先生、黄裳老兄、苗子老兄、王世襄老兄，对我从来都是门户开放、大方慷慨，甚至主动地推荐奇书给我、送书给我（黄裳兄送过明刻家黄子立、陈老莲的《水浒叶子》和《宝纶堂集》……）。苗子兄的书库等于我自己的书库，要什么借什么，速读书卡片一借就是三月半年，任抄任用，包括拓片画卷（王世襄兄多次亲自送明清竹根、竹雕名作到大雅宝胡同甲二号来，让我"玩三天""玩一礼拜"……）。

这种信任，真是珍贵难忘。

二〇〇六年中秋，苗子、郁风兄嫂到凤凰玉氏山房来。郁风老姐告诉我，这两年重病期间，"肚子里凡是女人的东西都被取走了"。其时她脖子上还有创口没拆线，随行的客人中有一对医生夫妇。

在玉氏山房，郁风老姐说什么我们都听她的。

"给我画张丈二……"

好，丈二就丈二，纸横在画墙上，上半部画满了飞鹤。她说："留了空好，回北京我补画下半张……我们全家还要来凤凰过春节！"

中秋，几十个凑热闹的本地朋友一起欣赏瓢泼大雨，还填了词。我一阕，苗子兄和了一阕。天气转好的日子，还到我的母校岩脑坡文昌阁小学参观。我请了几顶"滑竿"抬他们，回来时，她居然把"滑竿"辞了。

她说："这学校风景世界少有！"

"当然！那还用她说？"我想。

回北京不久她又进医院，死了。

郁风大姐跟苗子老兄不一样——爱抬杠！而且大多是傻杠。有时弄得人哭笑不得，有时把人气死。怪不得有次苗子兄说：

"哪位要？我把她嫁了算了！"

郁风大姐自从变成老太婆以来，是个非常让人无可奈何的"神人"。有一年在我家的几十人的聚会上，交谈空气十分和谐融洽，临散席时，一位好心朋友对郁风大姐说："以后有什么事需要帮忙，可以打电话给我。"猜猜这位老大姐如何回答？"唉，算了！你都下台了，还帮什么忙？"（老天爷在上，这是原话。）

好心朋友是诚恳的，郁风大姐也不伪善。

全场鸦雀无声。

谁想得到，翻回几十页历史去看我们这位大姐——做过多少严密审慎大事，经历过多少需要坚毅冷静的头脑去对付的磨难，一九三六年长征她还是干部……天晓得她干过什么事，说的话却像刚从子宫里出来。

苗子兄东北劳改四年半，秦城监狱七年半，共十二年。一生重要的十二年就这么打发了。

去年八月间，毛弟把他从医院送到万荷堂来吃了一顿饭，不单吃相可人，我还认为他不久就能从医院回家。

饭后我们还大谈了一番人生，又提到画画的老头剩下不多了。他还说："你算不得老！"我连忙接着说："当然！当然！你十六岁发表作品时，我才五岁。你肯定是前辈。"

暮鼓晨钟八十年

二弟永厚要出版画集，后来又不出了。问侄儿黄何，他也没说出个道理；及至见到二弟，我劝他还是出一本好，他同意了。

在画画上，他的主张是很鲜明的。有的人画了一辈子画，却不明白他的主张何在。一个画画的人主张是很重要的，没有主张，画什么画？

当然有些人的画其实并不怎么样，却也一天到晚四处乱宣主张，其目的只是怕人不知道他的画好，那点苦心也就算到头了。

所以我觉得出一本画册最是让人了解自己主张的好办法，什么话都不用说了，它可以坦诚地让人看透肚肠心肝——吃的什么料？喝过多少墨水？发挥过什么光景？施展的什么招式？

毛泽东到访苏联找斯大林订条约，主题是"既好看，又好吃"；托尔斯泰当面称赞契诃夫的文章是"又好看，又有用"。两个大人物都提到文化上虚和实的东西。好多年前在农村搞"四清"，也提到"喝稀的，吃干的"两个政治概念，喻指精神和物质的紧密关系。

　　虽然说画画是件既用脑又用手的快乐行当，倒也真是历尽了寒冰的死亡地带得以重见天日。几十年来，人们涸滞于混乱的逻辑生活中。"深入生活"，得到的回报是深重的沉默；"没有调查研究，就没有发言权"，有了发言权的彭德怀却招来厄运……哲学上范畴的破坏，文艺上"载道"和"言志"的文体功能变成了对立的阶级斗争之武器。柳宗元《江雪》诗云："千山鸟飞绝，万径人踪灭，孤舟蓑笠翁，独钓寒江雪。"在此景象中，垂钓的剩下郭沫若、浩然……间或还有三两个海豚式的文艺人物在海中时冒时没"划"着"时代"创作"刹那牌"经典。

　　厚弟也近八十了，我们都哈哈笑着说，从未以"美学"指导过自己的创作。美学中从毕达哥拉斯、柏拉图、康德、黑格尔，到马克思、列宁、朱光潜、蔡仪……从未提起过。人打生下地来，什么时候感受到第一次"美"的？谁都没有丝毫关注过这个伟大的命题。人自己包括美学家自己何时懂

老二永厚

得美的？感知尚无着落，倒不如《孟子》中那四字黑话"食色性也"解馋多多，美学家不谈美在人身上的起始，要他何用？

厚弟几十年来的画作，选择的是一条"幽姿"的道路。我们的一位世伯——南社诗人田名瑜的一首诗谈凤凰文化的头一句就说"兰蕙深谷中"，指的就是这种气质。

说一件众所不知的有趣小事。八十多年前，我们家那时从湘西凤凰老西门坡搬回文星街旧居没几年。厚弟刚诞生不久，斜街对面文庙祭孔，我小小年纪，躬逢其盛。演礼完毕，父亲荣幸地分到一两斤从"牺牲"架上割下来的新鲜猪肉，回到古椿书屋，要家人抱起永厚二弟，让他用小舌头舔了一下孔庙捧来的这块灵物，说是这么非同寻常的一舔，对他将来文化上的成长是有奇妙的好处的。

想想当年，这对儿年轻夫妇对于文化的执着热衷，是一个多么温馨的场面！他们那时的世界好纯洁，满是充满着书卷的芳香……

过不了几年，湘西的政治变幻，这一切都崩溃了。家父谋事远走他乡，由家母承担着供养五个男孩和祖母的生活担子。我有幸跟着堂叔到福建厦门集美中学读书，算是跨进天堂，而遥远的那块惶惶人间，在十二岁的幼小心灵中，只懂得用眼泪伴着想念，认准那是个触摸不着的无边迷惘的苦海。

我也寄了些小书小画册给弟弟们，没想到二弟竟然在院子大照壁墙上画起画来，他才几岁大，孤零零一个人爬在梯子上高空作业，这到底是鬼使神差还是孔夫子他老人家显灵？当然引来了年纪一大把的本地的文人雅士、伯叔婶娘们额手赞美。物质上的匮乏却给祖母、母亲带来精神上的满足，每天欢悦地接待一拨又一拨的参观者。有了文化光彩的孩子，任何时空都会被人另眼相看的。几百年的古椿书屋又有了继续的香火，真怪！

湘西老一代的军人传统，地方部队总是有义务寄养一批候补的小文人小作家。名义上是当兵，其实一根枪也没摸过，一回操也没上过，在部队里跟着伯伯叔叔们厮混，跟着部队四处游走。表叔沈从文如此，永厚二弟也是如此。

二弟在"江防队"（这到底是个什么部队，我至今也不能明白）有机会做专业美术工作，和我当年在演剧队的工作性质完全一样，读书、写字、画画，自己培养自己。我们兄弟，加上以后跟上来的永光四弟，命运里都让画画这条索子紧紧缠住，不得开交（关于永光四弟，我将在另一篇文章写得详细一些，这里不赘述了）。

说苦，百年来哪一个中国人不苦？苦透了！这里不说它了。

在兄弟中，永厚老二最苦。他小时候多病，有一回几乎死掉。因为发高烧，已经卷进了芭蕉叶里了，又活过来；病坏了耳朵，家里叫他"老二聋子"，影响了发育，又叫他"矮子老二"，后来长大，他既不聋也不矮，在我们兄弟中最漂亮最潇洒。很多人说他长得像周总理。成年后，他的负担最重，孩子多，病痛繁，朋友却老是传颂他助人为乐的出奇而荒唐的慷慨逸事，于是家里又给他起个"二潮神"（即"神经病"的意思）的名字。

他的画风就是在几十年精神和物质极度奇幻的压力下形成的，我称之为"幽姿"，是陆游词中那句"幽姿不入少年场"的意思。无家国之痛，得不出这种画风的答案。陆游的读者，永厚的观众，对二者的理解多深，得到的痛苦也有多深，排解不了，抚慰不了。

"幽姿不入少年场"自然是不趋附、不迎合，而且不羡慕为人了解。

徐渭、八大、梵高活在当时几曾为人了解、认识？因为他们深刻，他们坚硬，一口咬不下，十口嚼不烂，必须有好牙口、好眼力、好胃口才够格招架，并且很费时。所以幽姿不免寂寞，以至如明星之光年，施惠于遥远的后世。

听忠厚的朋友常常提起某人着实读过不少书，出口成章很有学问。我总是微笑着表示不以为然。我说，他读的书我都读过；我读过几十年他没有读过的外国翻译书，他根本就不可能读到，论读书，我起码比他多一倍。"文革"期间，他像发现新大陆似的大谈《飘》，大谈《红与黑》，津津有味，还要以此教育别人。说老实话，那不过是我的少年读物！没什么好牛皮的！他还特别喜欢大谈知识分子最没学问的话。一个人有没有学问，到底由谁说了算呢？

真正称得上读书人的，应该像钱锺书、陈寅恪、吴宓、叶公超、翁独健、林庚、钱穆、朱光潜……这些夫子，系统稳固，条理清楚，记性又好，在他们面前，我们连"孺子"的资格也够不上的。

要是站在画家的位置上说起读书学问，除了以后活着的年月还要读书之外，也算够用了。不是学问家，要那么多学问干吗？老记那么多干吗？

学问家读书，有点、线、面的系统，我们的知识是从书本上一路打着滚儿过来的。像乾隆的批示一样，我们只够"知道了"的水平，但比后来的首长在公文上打圆圈圈却是负责认真多多。画画不可无学问前后照应。二弟的笔墨里就有许多书本学问，用得很高明，很恰当，变成了画中的灵魂命脉，演绎的不仅仅是独奏，而且是多层次的交响。

画家像个牧人，有时牧羊，有时牧马，有时牧牛，有时牧老虎。只要调度有方，捭阖适度，牧什么都没有问题的，甚至高兴起来，骑在老虎背上奔驰一场也未为不可。做个牧人不容易，上千只鸭子赶进荡里，汪洋一片，也有招不回来的时候。

文化上有不少奇怪的现象，可以意会，可以感觉得到。要说出道理却是很费气力，有的简直说不出道理。比如说京剧有余叔岩，有言菊朋，有奚啸伯，更有周信芳。余叔岩某个阶段曾倒过嗓子，那唱法几乎是一边夹着痰的嘶喊，一边弄出珍贵的从容情感："宋公明打坐在乌——龙——院，莫不是，阿——妈——呢，打骂不仁？"那一个"阿——妈——呢"已经是卡在喉咙里出不来了，嗳！就那点声嘶力竭挣扎于喉咙间的微弱信息，不知倾倒了多少当年追星族的梦魂！从音乐庙堂发声学的角度看来，这简直是笑话。说言菊朋，说周信芳，说儒雅到极致的奚啸伯，莫不都有各自的高超境界。

画，也有各型各号的门槛，外国如此，中国也是如此。我想，外国印象派以后的发展变化直到今天，恐怕习惯于写生主义的很多欣赏者都掉了队，都老了，现象如此，实际情况正如中国老话所云，"老的不去，新的不来"。不习惯不要紧，我就是四五十年代的胃口特别好的年轻人，是一个既喜欢老京剧又拥护前卫艺术的八十已过的欣赏者。

你问我为什么喜欢八大，喜欢突鲁斯·拉德莱克，喜欢米罗和毕加索，喜欢勃罗克？我能意会。要说，如果给我时间或许也能说得出一点道理，但是，为什么你有权利要我说出道理？有的艺术根本就是无须说明道理的，比如音乐，比如中国写意画，比如前卫艺术！

一个艺术家到了成熟阶段，已经不存在好不好的问题了，只看观众个人爱好，喜不喜欢。比如说，我喜欢买一点齐白石的画，却很少收藏黄宾虹的画；不是黄宾虹的画不好，只是我不喜欢。画家龙瑞把黄宾虹先生的风格作了博大的演绎，很出色，我也看得出龙瑞先生像位乐队指挥，在宾虹先生的乐谱中作了现代化的发挥，搞得很精神，很动人。

梅兰芳和程砚秋，我听的是梅兰芳；没人敢造谣说我黄某人曾经说过程砚秋不好。

有人说多少个齐白石抵不上一个鲁迅，这似乎是在说十八个李逵打不赢一个张飞的意思。张飞和李逵如活在一个历史时期，倒是可以约个时间过过招论论高低的，他们比武的可能性的基础是因为他们同是武人。

鲁迅和齐白石虽都是文化巨人，革命思想方面鲁迅了不起，但鲁迅不会画画，齐白石画画得好，革命的道理却谈不上，两个人在各自的领域里各有成就，比是不好比的。就好像盐和糖都于人有益，可谁都不会说二十五斤零四两的糖比不上一斤盐。

厚弟的人物常作悲凉萧瑟，让观者心情沉重；也时见厚重鲁莽如铁牛鲁达之类夹带着难以捉摸的幽默点染，这恐怕就要算到父母的遗传因子账上了，父亲在这方面的才情影响过他的表弟沈从文（《沈从文小说集》序，人民文学出版社），自己的儿子自然不在话下。

二弟明年就八十了，尔我兄弟在年龄上几乎是你追我赶，套用一句胡风先生的诗题作口号吧——

"时间，前进呀！"

二〇〇六年十二月三十一日晨三时半
于香港山之半居

一梦到西塘

——悼王亨

好几年前，路经张家界，晚上住在小旅馆里。

无聊，一个人拿遥控器对电视傻按。按、按、按；被一个名叫"西塘"的地方吸引住了。

一座小水乡、温暖回环的河城。

河上有船，船上有人，人在小码头的石级上下。河上有桥，人在桥上看船，看人，看远处风景。河两岸灯火楼台，曲折的河廊自古以来是一种很好的设想，天热挡太阳，下雨挡雨，走累了凭栏喝茶。

混杂着卵石、青砖和青苔的路面，高高低低很不好走，主客心里明白是祖宗留下来的，跟河廊上的盖顶，周围的老房老井、老树老花配成整套，缺一不可，显得古意盎然，"包浆"十足。

被镜头带进一家沿河人家。

小天井连着一个小天井，有奇花异草，有桥，有长满蒲艾和浮萍的小池塘，有绿萝从屋檐上垂挂下来拂人衣冠。

里屋是一间画室，一位清俊的老人在刻木刻，墙上挂满他的"西塘"木刻风景作品和名人字画。

这么一刀一刀在硬梨木板上刻画的艺术家已经不多了。他名叫王亨。

看完"西塘"和"王亨"的电视节目，产生一个打算：西塘在哪里？上西塘找王亨去。

"文革"以后这么多年，我记得只刻过两幅木刻，一幅在德国刻的，"童年，那四月温暖的风"；一幅在香港刻的"玫瑰"，自此就跟硬梨木板子告别了。

记得在三年"干校"时期，跟一个同事闲谈，将来不刻木刻了。那同事很可怜我的未来：

"那你吃什么？"

说这话距现在也四十多年了。我的木刻刀还放在三里河南沙沟楼上，一些老木刻原版"文革"抄家时没完全拿走，应也摆在楼上哪个角落里。半辈子相依为命的老把式都疏离了。

眼前当然还有不少年轻艺术家在刻木刻，不过我不太相信他们还在"啃"梨木板。

自从张家界小旅馆看"西塘"电视没多久，我就去了西塘，也见到王亨。等于说，我走进我曾经看过的电视里头。

他仍然坐在桌边刻木刻，长着满头硬发。

（人说人头发细容易秃，头发粗容易白。）

我们有了交谈。我大他十一岁，也即是说，我当年二十一岁在上海混生活的时候，他才十岁。所以我提到当年的熟人他都不认识。他是后来才从事木刻艺术的，原来在邮局工作。

他祖辈都是读书人，自己也很少出远门（听说送孙子考大学去过一趟北京），一直生活在西塘。西塘长大，西塘老去，今年八十一了。

我不敢说是为他而来，免得增加情感负担。他已经有了不安的感觉，想和我交谈又碍于川流不息的游客。（他家属于旅游开放点，任人参观来往。）子弟刚给我端来一张椅子，很快就让游人坐下了。陪同的朋友也认为这时候不宜交谈，游人会以为我们要表演相声节目。正想告辞的时候，他忽然从案底取出笔墨纸砚要我题字。我轻轻问他：

"这样合适吗？这么多人。"

他也慌了手脚地回答：

"合适，合适。"可能他怕再也见不到我。

我终于写了张小横幅，五个字：

"一梦到西塘"，落了款。

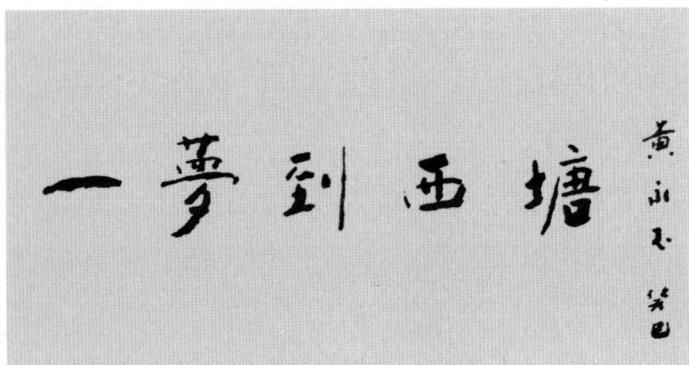

一梦到西塘，给王亨

旁边马上有个游客插嘴：

"侬卖哇？"

其实我们可以另外约个时间，找个清静所在听他聊聊自己和西塘，甚至要求他带几位西塘朋友一齐来搞个雅集。

原来不就是这个意思的吗？你看，错过了！

王亨的的确确是一位"结庐在人境"的妙人。他一点也不避俗，不怕骚扰，不怕冒犯，不怕穷，每天刻他的硬板子木刻，木刻拓印出来还装着镜框，人人都买得起。游人要跟他合影，请他放下刻刀面带微笑他也不烦。

刻的木刻大多是西塘风景。出门走走，遇到好感觉，勾个小铅笔稿，回来就刻一张。所以他时时都有新作品，顾客买了开心，容易对景生情，增加了旅游的意义。

两三次的交谈都是匆匆忙忙，就那么分别了。反而是分别之后邮件来往得频繁起来。记得上个月寄了猴年挂历给他。前些日子还说："等过完春节，别忘了寄猴票给王亨。"

没想到收到二月六日王亨去世的噩耗，二月八日是年初一，他都没有赶上。

而我也滑稽，年初二进了医院，昨天十六日出院，今天十七日，写悼念靠售卖木刻作品度日的老王亨。

二〇一六年二月十七日晚于北京

167

给庞壔的一封信

庞壔:

　　昨天大清早就预备为你写这封信，不料来了人，上午一个，下午一个，都是办正经事情的，走的时候已经天黑。后天我就回湘，乘今天和明天把信写完。

　　悲鸿、海粟、风眠都是各有可爱之处的老人。悲鸿先生带给中国严谨的素描观念和很具说服力的技巧。海粟先生心胸开阔，见闻广博，遗憾的是贪爱社会活动，浪费了青年时代积蓄功力的宝贵光阴。他也不像悲鸿先生真诚地关心学子。学生长大之后都很少感谢他、想他。风眠先生则是只顾自己画画，不太关心自己和外界情感升降的问题。三位老人却都是趣味盎然的聊天对象（悲鸿先生我只是听别人说起），在清谈中令后学得到课堂中得不到的点化。对现代画，悲鸿先生明确地反对；海粟先生拥护，却少见系统的观点；风眠先生则是个实践者，他本分，默默地工作。

这些可敬的先行者、开拓者，不可能尽如人意地完美，倒是庆幸中国有了他们的可贵灿烂。

我自小就是一个流浪者，没有系统的学识、固定的职业，甚至没有正常的饮食，没有老师和前辈的提拔，没有群体的互拱，自己是自己的衣食父母。值得开心的是自由。随地捡来的杂食、顺手拈来的书本，阳光、空气、水，足够在大江湖漫步了。从无门户之见，吸食的都是有用之物。真的谦虚、真的客观、真的开心快乐、真的善于排解忧伤；真的爱，真的信任，真的工作，几十年就这样过去了。卡夫卡说："人要客观看待自己的痛苦。"快乐何尝不是如此？

很多年前，学院批判印象派。印象派有何可批？等于吃奶批奶。眼前用的、表现的不都是印象派的经验成果吗？那位可爱可敬、真诚无边的许幸之先生一个人站出来保卫印象派，成为众矢之的。

……

我一生只讲笑话，不传闲言，这是老朋友都知道的。唉！这种狗屁事就不提它了。还是谈画吧！

我完全没想到"文革"以后你画了这么多痛快的画！只可惜，若你现在是三十、四十多好！你可以用更多的力气对现代绘画做更深入的试探，你的条件好，懂素描、懂色彩、懂结构、懂虚实韵律和节奏关系……画画要家底子厚，举重若轻。你缺的是时间，所以你的压力太大。（还要照拂你那位"忠厚传家"的林岗）所以只能为你祝福长命百岁，天上所有的为善的菩萨、观音大士、主耶稣都来保佑你。

抽象画，我以为画素描、搞色彩、解剖、透视……基本功最有用处。

只可惜这些东西搞多了，会迷魂、会鬼打墙，一辈子陷在里头出不来。清醒地杀出来搞抽象画的，无一不是高手，而且是一个清醒的高手，像晴空上的老鹰一样。

素描和其他基本功的诸多元素，如距离、结构、质感、光、调子、虚实、运动关系、冷暖、强弱对比……其实就是抽象画其中之一的主题。光是一种主题，又可以千变万化画它一年半载。扩而大之，哲学的、音乐的、"美术"的（怀斯的画在意念上很抽象）、自然科学的、人文的……它的主题（如果有所谓主题的话）就是绘画元素，就像研究人类之后重新又去研究细胞和胚胎一样。抓住一点、一丝就行。这一种行动倒真有点像素描钻牛角尖入迷一样，而抽象的快乐规模远不是正统画的快乐可比。领域宽阔无边，简直是天马行空。（书法家其实就是抽象画家。）

眼前，我看国内抽象画家好像困兽，有力气无处使，文化感觉似乎还嫌幼稚，自己无趣怎能引起别人兴趣？他们太重视任务感和主题感了。没有的！人怎么能向高山、大海、悬崖、深谷要意义？

看你以前的画，其实是张张都有想法，只是你一边画，一边怕。

现在无所畏惧了，你完全撤开了手，这真精彩和开心，不过我建议你在每一组品类上多画一些，把它们画得烂熟，画得草率，画得无可奈何，画得腻味再换口味；不要稍微两三张就放手，要知道火花和开端得来不易，也可能在疲乏厌烦中得到妙悟。

……

啰嗦了一大堆废话，请原谅老头子常有的毛病。明天把这封信想办法寄给你，问林岗好！一家好！

二○○九年

171

给皮耶罗的信

皮耶罗老兄：

　　你写的序真好，难以想象一位终生研究小虫（在我粗浅的知识范围内，把微生物、细菌这类眼睛看不见的东西都叫做"虫"）的伟大科学家能写出如此纵横潇洒的好文章。我读了又读，忘记了你的本行，几几乎错认你为文学界的同行。

　　对你的行当，我是很好奇的。眼睛看不见的那些"虫"，有心、肝、肺没有？稍微大一点的跳蚤，怎么一蹦那么高？按照比例，人如有这么大的能耐，接近地面之后岂不摔死？所以我认为上帝在生物造型设计上有非常聪明仁慈的安排；公式如下：动物的弹跳能力与其体重成反比。如大象，如胖男女。

　　"虫"这东西，我不懂的太多，一知半解的东西更多。比如半夜三更睡在床上看书，发现一颗细红点在书页上慢慢移动。它大约只有头发的直径二十分之一大。顺手指轻轻一抹，书页上留下一颗小小红点。红得抽象之极。我给它算过，三十秒走一英寸。它怎么到书上来的？爬？飞或跳？来干什么？

自从前几年在你西耶纳家中做客以后，凡是碰到"虫"这方面的事，马上就会想到你。

四十多年前，我在老家凤凰，一个下雨的晚上，飞进屋里一只大虫。我抓住之后把它钉在木板墙上。翻遍昆虫大辞典都找不着根据，现画上奉你一观（我清楚你不是研究这一类大虫的）。

世上有很多巧事。

你出生在西西里，我出生在湖南凤凰，各在地球的一端，两地民族性的强悍、气度那么相似！这是一。

我的女儿不远万里到意大利读书，遇到你的女儿玛利亚，成为好朋友，多年一起在湘西、贵州、四川……做"扶贫"工作。这是二。

我凤凰几百年的老房子原在孔夫子文庙隔壁。多少代人做的是执教"私塾"和料理每年祭奠孔夫子的工作。没想到我在意大利翡冷翠的住处却跟列奥纳多·达·芬奇一个镇子。每次进城都要从他老人家门口经过；阳台上隔着层林早晚看到老人家院子。我从小到老，居然有幸亲近东西方两大巨人。

尤其有意思的是，我五六岁，妈妈就在院子乘凉的时候说过，世界上最伟大的画家名叫列奥纳多·达·芬奇，他是意大利人。

同时还发生一个我不太愿意讲的事情。（还是讲吧！）我家乡天主堂有个神父是意大利人，他研究医学，是个经常给老百姓看病的医生。他的研究室里放着许多玻璃罐，其中几个泡着逐渐成长的婴儿胚胎标本。不懂事的闲人以为他像泡腌萝卜似的泡小孩吃，赶跑了他。差点丢了性命。

蠢事代代都有，毫无办法。有的可以原谅，有的是认识水平问题，所以来来回回的历史片段相当精彩。

明朝万历时顾起元的《客座赘语》就写过以下这些话：

利玛窦，西洋欧罗巴国人也。面皙虬须，深目而睛黄如猫。通中国语。来南京，居正阳门西营中。自言其国以崇奉天主为道；天主者，制匠天地万物者也。所画天主，乃一小儿；一妇人抱之，曰天母。画以铜板为帧，而涂五彩于上，其貌如生。身与臂手，俨然隐起帧上。脸之凹凸处正视与生人不殊。人问画何以致此，答曰："中国画但画阳不画阴，故看之人面躯正平，无凹凸相。吾国画兼阴与阳写之，故面有高下，而手臂皆轮圆耳。凡人之面

正迎阳，则皆明而白；若侧立则向明一边者白，其
不向明一边者眼耳鼻口凹处，皆有暗相。吾国之
写像者解此法用之，故能使画像与生人亡异也。

你大我五岁。听说你这个九十五岁的人还天天上班。这
令我十分佩服。

我五年前开始写一部自传体的小说。在故乡的十二年生活，
约八十万字。最近已经出版，共三册。

第二部从一九三七年抗日战争至抗战胜利的一九四五年。
约六十万字。

第三部写一九四六年至"四人帮"垮台，大部分在北京
的几十年生活。最少一百五十万字。

问题是我九十岁了。做过的事情不算；正在做的事就很
难说了。上帝有多少时间给我呢？

中国一句老话："做一天和尚撞一天钟。"

想到你还每天上班下班，我的勇气就来了。老兄！不学
你学谁呢？

前几天我忽然想到一件事，问黑妮："意大利的小孩穿
不穿开裆裤？"

黑妮大笑说："没有。"

我们是兄弟，你大我五岁；那也就是说，我呱呱坠地之际，你若在中国，五岁的孩子，肯定是穿"开裆裤"的。

我这本书，多亏你的女儿玛利亚和我的好友陈宝顺先生费心费力地翻译成意大利文，衷心地感谢他们二位。这本书能让你和更多意大利朋友看到，是我多大的荣幸。

祝

快乐健康！

黄永玉

二〇一三年十二月十一日于北京

附：

黄永玉《沿着塞纳河到翡冷翠》意大利文版序言

兄弟！祝愿你不断创造出更多奇迹！

彼得·奥莫德奥／文　陈宝顺／译

我手捧着书，手指夹在书页中间，不时地停顿下来；我沉浸在遥远的过去，向往着许多熟悉的地方，缅怀我曾经喜爱过的人。黄永玉先生用清晰、明快、美妙的语言叙说了他在巴黎和翡冷翠逗留期间的故事，乃至莫斯科和北京的一些故人、往事。

来到巴黎的人，谁还不匆匆赶往巴黎圣母院、埃菲尔铁塔去参观，或者漫步在塞纳河畔呢？成千上万的人仰望桥上的美景，低头倾听湍急的河水拍打桥墩发出的漩涡声。洛东达（Le Rotonde）咖啡馆虽然鲜为人知，有时走累了，我也会去那里歇息，看着宽阔的蒙帕纳斯大道上来去匆匆的陌生行人。那是一九三六年三月还是四月的事情了。

黄永玉去过的这家咖啡馆，布拉克、莫迪里阿尼和他美慧的妻子珍妮、毕加索、爱伦堡也去过；以及后来的列宁及其同伙，他们在那里曾经梦想策划一个新俄罗斯。所有人都对他们刮目相看。我对他们几乎一无所知，只是背对他们喝我的啤酒，由于啤酒价格的昂贵，我还担心衣兜里的钱够不够结账呢！

毕加索！对啊，我们见过面。一九四九年在普莱耶尔大厅相遇。那正是他春风得意的时候。那年他的小女儿帕洛玛出生了；他画的和平鸽展翅飞翔了，巴黎满大街墙上贴满了和平鸽。毕加索给我的印象身材矮小，宽厚的肩膀，是西班牙人典型的身材，和我想象的却完全不同。

爱伦堡，我是两年后遇到的，当时我并不知道他是艺术评论家。他自我介绍是一名记者。谈到他战争期间的工作时，他的眼睛里露出恐惧的神色，不是因为见到过战争创伤和承受过艰难困苦而忧虑，是对战争可能卷土重来而恐慌。他说俄罗斯广阔的大草原，因其色彩单调，不能激发画家的灵感，却能引发歌唱和音乐感。我顺着他的话题联想到那些牧羊人用轻声吟唱伴随自己的孤独，吹奏有浓厚鼻音的风笛，或者含在嘴上的乐器（marranzanu）模仿鸟的叫声。草原的色彩真是太单调啦。

我是怎样听懂爱伦堡的谈话的？他当时是讲法语，还是导游给我轻声翻译的？我不记得了。我只记得法捷耶夫也在座，他身材高大，神情专注，目光冷酷，脸色通红，像是伏特加酒喝多了，像一名正在广场上吆喝的军士。永玉说法捷耶夫手里掌控一根"文化指挥棒"。我从未见识过这根"指挥棒"。但是当我读到《大师和玛格丽特》这本书时，我想起了书的作者布尔加科夫（Mihail A. Bulgakov, 1891—1940, 俄罗斯作家——译注）说过，他是一个名副其实的苏联作家正统的卫道士。斯大林逝世后，法捷耶夫自杀了。这件事也许永玉不知道，也许在俄罗斯境外，就只有永玉和我这种巧遇的旁观者还提起他。

我真想找一本爱伦堡的书来读，天知道它被翻译成哪些语言。我还想找一张洛东达咖啡馆的明信片；每次来到巴黎我总会去那里，坐在原来坐过的椅子上，浏览咖啡厅内墙壁上琳琅满目的人物画像、图片和那些潦草的签名。我深信，永玉和我对那个特殊的环境有着很多共同的记忆。

永玉出生在湖南省，我出生在西西里岛，相隔几乎绕半个地球的距离。然而在我们的共同回忆中，涉及了许多名人往事，甚至还有那些名气不大的名人，譬如诗人路易·阿拉贡（Louis Aragon，1897—1982，法国作家、诗人——译注），以及一些鲜为人知的名胜古迹。我们就像两个未曾见过面的亲兄弟，九十年后哥儿俩才团圆。这一切是怎么发生的呢？追根溯源。我的女儿玛利亚，有一天对我说："爸爸，我的朋友黑妮，她的爸爸要为你九十岁生日画张像。"于是黄永玉从遥远的东方，一下子出现在我西耶纳家里了。他给我画了不只是一张，而是两张像。第二张比第一张小一些，显示出一种幽默夸张。那是在他对我本人、对我的过去有了深入了解之后，满怀手足情谊的感觉时画的。而我是看了他的画、他的雕塑、他的桥和读了这本书之后才感受到我们兄弟般的情意。以我一生对生物学的研究和从事的教学工作，我却无法诠释这种兄弟般的情意。

说说阿拉贡的一本诗集：书名为《在异邦，在本国》

（*En étrange pays, dans mon pays lui même*）。叙说外国人身处异国他乡的感受，一般会感到"水土不服""感情上不相适应"。然而这些描述都不能说明一切。也许还有一种"又变又不变"的现象，就像一个孩子看着母亲，虽然母亲穿着同样的衣服，但是在孩子的心理上把妈妈又看做另外一个人；这样他们就会永久地变成另一种关系。这就是我对阿拉贡诗的理解。

遗憾、愤怒和忧郁都不适用于永玉。永玉对我们说过他在养猪场受到的"再教育"，对他而言，不过是一次荒谬的经历，对此他并不感到愤然，只是感到好奇；他很乐观，甚至还感到生活丰富多彩。

永玉喜欢雕塑家罗丹，尤其喜欢身穿贴身长袍的巴尔扎克塑像。当时这座雕塑像并不受客户喜爱，罗丹毅然退还了定金。白色的石膏，幽灵般的色彩，塑像依然摆放在博物馆一个角落里，见证着某些评论家愚蠢的官腔。然而在菲利克斯·德吕埃勒广场，伟大的陶艺家帕利西（Bermard Palissy，1510—1590，法国陶艺家——译注）身着工匠皮围裙的雕像，正在期待着他。永玉没有提到罗丹塑造的女性人体雕塑，农村妇女那种粗壮的体型。

永玉塑造的铜塑女性给人一种飘逸的感觉，一种难以形容的飘逸。她们并不瘦骨嶙峋，她们像海水拍打在岩壁上溅起的浪花一样，飘逸飞翔。尽管她们是铜塑，即使放在露天也会冒一定风险，令人担心她们会随风飘去，飞向太空。流传过这样一段趣事，讲述一个宇航员维修空间站外部的故事。他穿着厚厚的宇航服，拿着工具在失重的太空中行走。当时他竟然邂逅一名飘逸而来的女子，她面带笑容、裸露身躯。他一见钟情，全然忘却了维修工作，意欲随她飘逸而去。长长的救生带生生地拽住了他。伙伴们费了很大力气才把他拉回舱内。如今他天天扒着舷窗往外窥视，希望再看那姑娘一眼。

永玉的雕塑给人的就是这种感觉。而罗丹的雕塑却完全不同，耸立在那里等着你来，随时准备击你一掌。

对不起，我跑题了。言归正传，让我们回到地面。

黄永玉先生的大画、小画、彩画或水墨画像中国满山遍野的鲜花，托斯卡纳的田园和梵高画中的向日葵，绚丽多彩。

我这位年轻的兄弟画过画，做过雕塑，还设计了一座桥，美化他的家乡。书中有一章专门讲述了桥梁的不同功能及其多样性。而我更喜欢把桥视为连接不同国界的象征。

古罗马对修建连接台伯河两岸桥梁的人赋予崇高的荣誉。他们称"桥梁设计大师"为"Pontefice"（也是对教皇的称呼——译注）。这是一个非常崇高而光荣的头衔。

我认为不能简单地称呼永玉"大师"，而应该称呼他"Pontefice"——桥梁设计大师，不过这是他并不情愿接受的称呼。

九十岁生日快乐，兄弟！祝愿你不断创造出更多的奇迹，以及……

等一下！别忘了把雕塑关进笼子里，以防她们飘逸而去。还得小心比扒手更危险的"飞车党"（"飞车党"系指销毁报废汽车的行业，作者借喻人老了会遭此铲除的厄运。——译注）翡冷翠就有很多呢！他们想要铲除一切废旧的东西。小心哦！

小朋友记事

德国的阳光和星空

抵达法兰克福，飞机下来进火车，一路沿着莱茵河来到阿伯豪申城。

第一次开个人画展，是国家邀请的。那时，德国还没有统一，主人是西德。

画展在阿伯豪申城威廉皇帝的夏宫还是冬宫（？），安排我们住的地方也在其中的一套房子里，有卧室、客厅、厨房和工作室。周围是大树和林荫小路。冬天了，树林的叶子没掉，有的红得很，有的绿得很，草地看起来是一年到头的永远绿下去。

画展开幕那天，升了两国国旗，让我感动。

我们自己的大使安志远和夫人也从波恩老远赶来，西德大使修德和夫人艾丽嘉，还有西德的这个部长那个部长，还有听说最近去世了的画展主持人德伦布什先生和当时的议员马秋丝女士，还有一直跟着我们的年轻漂亮的翻译安娜小姐……几百人。先是音乐会，乐队演奏，女声乐家唱歌，然后是开幕式的演讲，讲了一个又一个，夸奖中国，夸奖我，很严肃，很认真地把我吹得一塌糊涂。

然后是喝酒，喝果汁，吃一些煞有介事地用牙签插着的小点心……大家都站着，就这么两三个钟头地站下去。没有一张椅子让人坐坐，也没见什么老人家和优雅女士们显得不耐烦。我那时就想：这制度这规矩不怎么相当，人不是白鹤、鹭鸶，可以站着休息……

阿伯豪申画展开完到波恩。波恩开完又到斯图加特开，画展没什么说的了。

画展期间我们四处走玩：修德，艾丽嘉的故乡比索夫斯威申，舒曼的故乡丢塞多夫，贝多芬的出生处——波恩故家，心领着："江声浩荡，在屋后奔腾……"那是在三楼放着他摇篮的小屋里，小窗外底下是莱茵河……

有一回，德伦布什先生带我们去科隆，说是就近有一座世界有名的大教堂。出了火车站已是黄昏，雾气沉沉，横在眼前以为是天穹的原来就是教堂，惊人地雄奇高大。后来我几次地想画它，究竟是没有胆子还是没有时间？记不起来了。一辈子见过，画过那么多教堂，都没回忆中的科隆教堂那么

老朋友修德，联邦德国驻中国大使

让我感到真正的天穹似的分量。

在柏林

柏林，庄重，厚实，精密的大城，德国民族最集中的象征。是一座最德国人的，没有二话的德国大城。

我承认对巴黎、对罗马可算是看够了。可惜老了，对柏林，我没机会再去细细地体验它，认识它了。真遗憾！真正的遗憾。

德国有许多关于战争的纪念碑和雕像，它不像别的国家说得明明白白是什么时期，因为什么事情的战争雕像。只是为了战争牺牲的年轻孩子们……它不注明战争的性质是侵略战争或是反侵略战争，是正义战争还是非正义，只是为了祖国牺牲的孩子……这似乎是更广义更深奥的历史观点的考虑。

具体的某次战争的错误和失败，德国人是认输认罪的，签了降书，领导人到波兰奥斯威辛集中营旧地去悼念默哀……它不像日本，可惜这个勇敢的民族却没有勇气认罪，世上少见这样的蠢！

柏林的布兰登堡介于当年东、西柏林的界线间，这个牌坊式的建筑顶上头有胜利女神驾驭四匹奔马拉着两架战车的青铜雕像，原来面朝西柏林。二战胜利后，苏联占领军和东德政府把这座雕像来了个大转弯，移向东柏林那一面了。这就有点好笑了，浅浮的好胜心，既不解饥，也不解冷。搞这么些小动作干吗？

粗鲁浮浅的面子行为！转移过去又怎么样呢？德国统一后不是又转移回来了吗？我们的"四人帮"不是曾经改过国歌的歌词吗？现在怎样呢？不又改回来了吗？

西柏林墙这边，那时候安置了不少适于旅游的观望梯，让好奇的游人欣赏东柏林那边风景。我看了一次，有人关照我看完快点下来，免得我这个中国人被那边当作资料给人照了去。是晚上，对面乌漆麻黑，一片愁云惨雾，灯光暗淡，说不定来一响冷枪，赶忙地下来了。

东、西柏林那时由一道凄惨的墙隔着，曾经有好多青年企图从东到西越过墙来时死在墙根。

谁料到会有拆墙这一天呢？倒是真的拆了。想到那些向往越界的青年们屈死的冤魂，让他们活到今天多好！八九年这墙推倒之后，不少朋友送了十几块碎墙给我做纪念，跟普通烂墙一模一样，放在家里，来了客人还要一块一块解释说明它的意义，很麻烦，送给别人了。唯一想得起来的是我住在四川的四弟，去年我去四川他家住了几天，见那块柏林墙碎块还供在那里。

"界"这东西真狠!

"文革"时候广东偷渡去香港的青年男女翻山,渡海,被蛇咬死,被鲨鱼吃掉,被边境警察流氓敲诈,被强奸凌辱……朝鲜三八线两边哭啼拥抱的骨肉父母兄弟……

想到电视《动物世界》珍闻里,成千上万的角马一年一度奔赴另一个地方去,明知道河流里鳄鱼群在等候,仍是奋不顾身地前赴后继地跳往河里……难忘的是一只只角马纵身的那一跳;鳄鱼张开大嘴的盛宴;河上的翻腾……为了神圣的越界行动,一定估计到死,衡量过谁轻谁重。"界"这个东西不只是政治现象,也是自然现象。

伟大的超越一切的原始越界动力啊!

也是在"文革"时候,北方一个省里头的一个村汉子也有一个偷渡到香港的幻想,便来到广州。广州离香港"近",这是听人明明白白说过的。只可惜他没打听好究竟"近"到什么程度!

西豪口和沙面隔着一条三十米左右的河。沙面一九四九年前是外国人办事和居住的地方,有很多讲究的洋房子和花园。这位老兄胜利冲昏头脑,奔赴心切,便一跃而下,几分钟便游到彼岸沙面地段上。"香港这么近倒是没有想到的"。既然到了香港，便应该叫几声原来不敢叫的口号，亮亮自己的政治态度冀以得到政治庇护才对。好奇的观众自然把这位蠢蛋扭送到该送的地方。这位老兄跳水之前也不看看，左右一百米远的地方有的是桥，上沙面去玩根本用不着游泳。

论智商，这位老兄跟非洲角马差远了。

"过界"也分文武两种，所以京戏里伍子胥过的昭关叫做"文昭关"。不过这个"文昭关"也是把脑袋挂在裤腰带上的那么危险至极的，尽管一夜之间伍子胥白了须发，谎过了把关的"边防人员"；自从今天有了电脑刷卡以来，就算须发变成朱红色也顶不得事了。

我的一次"文昭关"竟是简便到没有人信。

有一天，说好开车去看"叔伯"（舒伯特）的菩提树，到了奥地利边境，一座漂亮的桥分两国。修德说，过了桥，一个多钟头可到莫扎特的家乡萨尔斯堡。

铁桥那头有人把守。没有什么人从桥上经过。

奥地利那边是一些山冈丘陵、橡树林、无花果和几棵疏落的菩提树；我们这边的小城很甜蜜，牛群踱着方步，一家家小花园栽满绣球、玫瑰和秋葵，要是从奥地利河那边望过来，看这些红砖房子衬着大教堂，河岸，白鹅在水上"哦！哦！"

叫着，那才好咧！

艾丽嘉说：过去试试！

修德说：护照不行！

艾丽嘉说：试试。

那就是到那一国去画这一国吧？我说。

桥头那位奥地利边防小伙子通人情，他建议我把护照交给他，画完画回来他再把护照还我。

我挑了合适的景点画将起来。修德和艾丽嘉去看奥国朋友（他们来去自由）。我画一阵就往桥头那边看看，那位年轻人有时还向我笑笑。

画完画没等多久，修德、艾丽嘉看朋友回来了，边防青年还给我护照，要求看一看我的画，点头，脸灿然一笑，大家就告别了。

这次"过关"，岂是"文"，还亲切得很。办一件事，道理明摆着，想一想，原是用不着恶言相向的。

比索夫斯威申是一座小城，修德和艾丽嘉的家在这里。好像祖上留下来的房子，纯德国风，就像过去在明信片中或是圣诞节奶油蛋糕上，巧克力做的那种；窗户上栽满了花的巴伐利亚房子，这是人可以在里头真的过日子的房子，留有斧凿痕的木头结构，石灰抹的墙，铁打的灯。

前后都是树，让花园包着，两人合抱的大树叫做"泡而"。我在"泡而"树底下栽了一棵花树，也取了名字（老了，记不起来了）（PS：叫宝拉）。修德、艾丽嘉从中国带回了一对中小型石狮子摆在路口，咧开嘴巴，瞪大着眼睛，一副茫然的样子，像是在说：把俺带到这地方来啦？嗬，真新鲜，真新鲜！

邻居的房子一家接一家，巴伐利亚总体风格下的不同建筑变化，真让人看了提神醒目。

修家屋子前面左边草地横着一段掏空了的大木头，肚子朝上露着，一个小龙头在一边流着水，却是永远地流不满。渴了就着水龙头喝就是。我一直也想在自己院子仿造一个，可惜不明白它的结构原理。再就是哪里去找这么一段大木头？找着了请谁来掏空它？大木头来到眼前，舍不得就这么当个水缸，到时候也就难说了。不过眼前这可爱的东西涓涓自在地流着泉水，也真是撩人，一种静静的美的不安。

屋后是一座大山，大到了不得，有一回是位权威朋友在半山腰餐馆请吃饭，原本是跟着大伙开车上去的，我却是跟其他三个人见了鬼，听爱爬山的艾丽嘉的话，一路"抄近道"从她屋背后上山。

光是从屋后走到山脚，粗看近，一步步走起来起码五里，这才开始上山的起步。艾丽嘉边走边为我介绍这叫什么花，那叫什么花。我一边赶路一边"唔，唔"地答应，心里想：艾丽嘉呀艾丽嘉！你把我带到进退两困的地步，我能有看花的情致吗？

我是个山民，从小养成走路爬山的习惯，这说的是一个实在的我，比起艾丽嘉，她不是人，她是鹿。一辈子没见过走路爬山上瘾成这样子的。他们在意大利圣·塔玛托山的"无数山楼"住我们家的时候，修德像修道院修士似的闷坐在屋里弄他的桥牌，艾丽嘉则是上午、下午在我们七十亩橄榄树林和杂木林领地，山上山下各走一趟。十几年来我自己也只是粗略地踏察过一两次，让荆棘绕烦了，似乎是满意过咱这块大山坡有三棵奇大无比的板栗树，艾丽嘉却说不对！是二十一棵。嗯嗯，还有（？）棵无花果，还有两株樱桃和四棵野樱桃，还有七棵杏……鳄梨……

她不单有爬山的瘾，还品味得那么细！

所以我一直有个看法，世界上德国女子跟哪国的女子都不一样！

修德和艾丽嘉的家是三层楼，楼下有客厅、客房、厨房、餐厅和洗手间。还有间做金、木工的作坊。（有次打乒乓球，我不习惯现代胶板，我的打法是从三十年代中期算起的，修德进作坊给做了一块出来，不到半个钟头吧，这球拍我忘了带回中国，恨。）楼上是修德、艾丽嘉的书房、卧室……三楼放家中杂物。

在三楼栏杆边楼梯上，整整齐齐排列着一二十双年龄在三四岁直到十一二岁儿童的旧鞋子。大多是牛皮、厚帆布和橡胶之类的材料做的，也有海狗皮的，手工讲究，结实得可以再生五六个孩子轮着继续穿它。像一群被罚站的淘气孩子，它们一动不动，鸦雀无声，各自做着鬼脸。

有一句话不知是马克思还是莎士比亚或是孔子和亚里士多德说的："多淘气的孩子，就踩成多烂的鞋。"（有人居然说是我说的）不管谁说，我都认为拿来评论修德、艾丽嘉的那群孩子和他们的鞋，真像是定做的那么合适。

孩子长大了，飞走了，也都有了自己的窝。这十几双淘气印记的鞋成了爹妈老窝的甜蜜实体。

我的眼睛和我的心跟这一群鞋子一起。真遗憾在做年轻爸爸时没留下孩子一两双精彩的鞋子。

好！说完三楼的鞋，再来说三楼的热水瓶和搪瓷脸盆。修、艾在中国待了五六年，带回德国七八个中国当年的竹壳热水瓶，三四个北京王府井百货大楼买来的七彩喷画搪瓷脸盆。眼前用一个，坏一个换一个，其余都藏在三楼。

这些东西今天在中国不好找了。恐怕只有电影场管道具的先生间或还用得上。

爱这些物件，是因为那一段五六年浓郁的生活纪念？还是中国老百姓最贴近的那一丝丝的手工价值和美感？

艾丽嘉出生在以前的北京协和医院，儿童时代是在中国度过的。好像她祖上也跟中国文化有过很深刻的关系。我住的他们家的客房墙上就挂着一张古旧的照片，一群中国和尚集中在庙门口，老的坐着，年轻的站着，其中夹着几个外国女士，上头的题字是："金岳寺，卓凡和尚传戒良辰，全体戒僧摄影以致纪念。民国二十二年十月十七日"。

艾丽嘉告诉我，里头有她的祖母、姑祖、姨婆，只知道金岳寺在浙江宁波，也难找今天金岳寺还在不在。

（多少年后我去了一趟宁波，游访了著名的天宁寺，在走廊遇见一位老和尚，问起金岳寺，他说有，在海军防区内，听说要恢复关容，开放旅游。）

德国人和中国人的文化交往留有深痕。

修、艾夫妇有天晚上带我去参加一个中国晚会，路远，上山下山，下着雨，进入会场之前，艾丽嘉介绍一位也是刚刚下车，三四人搀扶的干小老太太，一百多岁了，年轻时一直在中国，是位中国文物大藏家，附带还轻轻告诉我：她摔了一跤，骨头碎了，刚刚出院。

有这么一种像过节似的中国例会，每年几次，有吃，有喝，有报告会，收藏展，图片展……传统得很，听说近百年了。

真有这回事？怎么以前一点都不知道。

总之，我发现德国人办事总是很执着，决定了一丝不苟地做下去，不叫一声，不嚷一声。

修、艾夫妇曾带我去看他们一位老朋友。

阳光明媚，野花漫山，远之又远。德国人从不把"远"当回事。修、艾两人换着开车，车开得一个比一个快，来到一座幽深庄园。

主人不知在哪里。修德、艾丽嘉带我去看田地、果树，还去看马房。马房很高，马一定住得舒服，马也好，说给我听这匹是什么，什么种，那匹是什么，什么种。艾丽嘉翻译一句，我点一下头。其实我对这些知识一点兴趣也没有，马却对我的帽子有兴趣，差一点让它的舌头把帽子卷过去了。这时主人来了，一位电影演员似的人物，高大，英俊，五十上下，卷起的鬓角有些秋光。进屋坐定，弄来葡萄酒、水、面包、腊肉、奶酪……后来还喝咖啡。和我说了些问候的话。

艾丽嘉告诉我，他三天以后要回印度去了。在印度一个麻风村工作已经三十多年，几年才回德国一次。

我为他画了幅速写纪念。他送我条手工毛织领带。

很粗略的一次见面，愈是留下难忘的德国人意志的光彩。

最后请原谅我粗俗的本性提提他们家楼下有趣的抽水马桶，尤其是那口挂在墙顶高高在上、令人尊敬的水箱。如前所述，他们的卧室在二楼，他俩的洗手间在二楼自不待说。"天高皇帝远"这句俗话是很解渴的，"挂一漏万"这句俗话也是形象的。他们完全可能忘记了那口调皮的水箱，那个小小报应就准而又确地落在我的头上。

我小时候千不该万不该作弄老师，在半掩的寝室门上放了一小盆水，且故意在屋里发出令人厌恶的怪声，引来了好奇的老师……

……我用完恭桶之后，说时迟那时快，右手捏住做工精致的小铁链末端的把手一拉，顿时瓢泼大雨从天而降……那时是穿毛衣的季节，我早已秃顶，所以连抽一口冷气的时间都来不及，着实地洗了一场冷水浴。

很快修德就把它修好了（看来姓修的有这个好处）。

我不行，修好了也不饶！特别运用革命浪漫主义和革命现实主义再加半斤批判现实主义手法画了一幅小小历史画，对这个洗手间进行暴露批判（镜框费用由修、艾自理）。几天后，为了缓和国际空气，增进友谊，又画了几幅中国各地民间洗手间风俗画陪衬，以作缓和（镜框费用仍由修、艾自理）。

国王湖在群山之上，群山之上的群山围着一个湖，处境就好像我们新疆的天池一样。

周围有旅舍、饭店，湖是翡翠色，山是普蓝色。湖岸远处有块草地，一座小教堂镶在上头。

湖中游船用电开动，所以湖岸骄傲地竖着牌子："此湖之水，请随便饮用。"湖很宽阔，我和几十名游客坐在船上，到了湖心，一位穿着民族服装的胖先生吹起小号来。他站在船头，太阳下，加上全船游客仰望着的笑脸，群山回应着号声。船那么小，湖和山那么大……

所以说，世界并非时时令人讨厌的。

上岸时买了顶奥地利制造的灰色宽檐皮帽。

吃了顿中国饭——

这个中国饭店很大，气氛秋惨冷落。我在外国很多中国饭店都发现这种现象。饭店开张不久容易内讧吵架。有一次在德国另一个小城，未进饭店，老板、女老板、老板弟弟、伙计……各据一方拍桌嗥叫。我们一跨进店门，神话般地变成一团融合，笑容满面，令客人觉得刚才是做梦。

这顿饭吃得消极之至。炒菜厨师一旦失去创作兴致，食客的灵魂便无所依托。

菜肴有丧气与欢欣两大类，这是谁都知道的。

开饭馆为客人服务其实跟当官的"为人民服务"是一个意思。当官的把一个最谦虚而可爱的帽子"公仆"戴在自己头上，较之饭店里汗流浃背当"服务员"，当"跑堂"的，弄了顶又高又不方便的白帽子戴在自己头上思想性厚重多了。

饭店的菜牌子，也就是当"公仆"的施政纲领。菜牌子上有的，也就是厨房里办得到了；办不到，老板会和颜悦色地到客人跟前。让客人用鼻音说话变更菜目教诲说："你不要辜负我对你的期望。"

老板就点头说："是。"

饭店里不单要菜好，装修好，还要服务态度好，否则没人上门。

"公仆"不存在这些顾虑。他什么时候什么什么部位不好，坐在汽车里你根本看不到。用点菜做比喻的话，那就是只有他在点你的菜，没有你点他的菜。用饭馆"跑堂"做比喻的话，他端出来的菜，你非吃不可！

年纪大，一下子走了神，原来说的是风景绝佳的国王湖，却说了一通饭馆给搅混了，对不起。

修德和艾丽嘉的家的这座小城比索夫斯威申上一小坡

走不多远，路边拐个小弯儿和小斜坡，远远一个人家，便是我要住的农家旅舍。路边有个路牌，能左右移动的，告诉你旅舍今天客满还是今天有空房。其实也只有楼上楼下两套房。煞有介事，只为了有趣。

我住处在楼下，卧室、浴室、客厅和厨房。每天早晨给我提来一公升鲜牛奶和两个面包，其余要自己管。

门口左右两边都有大木长靠椅，有遮阳伞，有长茶桌，早上在外头吃早餐，边喝茶边看风景。

旅舍右手边三十步远是农家主人房子群：爸爸、妈妈、儿子、儿媳、孙子。还有马、牛、狗。

牛日子过得好，现代化的机器料理着它。农家主人每天送好些桶消毒过的牛奶到路口，再由牛奶公司的大车吸到奶桶里头运走。

我跟前栽的都是喂牲口的苜蓿，周围开着紫花的绿地静静漫到远远的雪山脚下去了。

有天早上我正喝着茶，一只梅花鹿从我屋背后窜出来，飞过牲口的电围栏，远远地跑了。猎狗原是要追赶一番的，也让电围栏挡住过不去。这事只有我一个人在大喊大叫，主人们跑出来不知道我出了什么事。我比划着手势，说是一只长叉的梅花鹿从这里远远地跑了。他们点头，微笑，明白我的意思，转身回屋子去了。看起来他们见多不怪。

我对面一系列群山的主峰都罩着雪，叫做哈兹曼山，旁边的是哈兹曼先生、夫人；背后是公子和女公子；再背后蒙昧远处山峰是哈兹曼先生的情妇和他们生的孩子。传说哈兹曼先生在法国巴黎不远的凡尔赛附近的沙特尔有位女朋友，法国女性的快乐天赋与内分泌旺盛的名声早列入我儿时的见闻。不明白的是哈兹曼先生是一座难以远游的山，用什么妙法建立起这种超时空的情感关系的。

每天我早上起来，就看见哈兹曼先生带着一家老小和背后另一群老小向我笑眯眯地问好。

农舍左边兀突的远山名叫"格尔山"，就是世界鼎鼎大名希特勒的别墅——"鹰巢"。

这山高。像缺半片空的蛀牙。悬崖四无挂碍，空溜溜地前后一滑到底。就在那蛀牙"薄峰"尖顶上盖了一套吃喝玩乐的瓦顶房屋。

坐在木靠椅上，歪着脑袋不用认真就可以瞥见它。想起当年老希坐在里头不知动了多少影响世界的主意。

晚上，墨蓝的夜空里满是星星，老希"鹰巢"里的灯混在星星里；看不到星星的夜晚，左边天上"鹰"的灯还孤零零闪着。

我给它起个名字叫"老希茶馆"，有人不喜欢我这么叫，认为还是叫"格尔山"好。

有一次修德和艾丽嘉带我上去了。

后 记

女儿从老屋旧匣中翻回一沓稿子问是几时写的。都这时候了，我哪能记得？看一看，是德国的一些事情。

前年，好朋友修德去世了，难过的心情至今没有恢复。近年在北京见到失去了修德的艾丽嘉。多少……多少话再不知从哪儿说起了……

记得《沿着塞纳河到翡冷翠》出版后，准备写一本同样味道有关德国的"莱茵河——"什么什么的，由于一个非我引起的原因，决定不写了。事后虽不后悔却有点可惜。修德夫妇原以为我在写的，也不好问我为什么不写，这是德国人一贯的礼貌。

修德去世了，我也老了，艾丽嘉远在天边。我们都深知，这个渺小的情感角落，曾经那么美好过。

修德大我一两岁。

有一次，我们三个人在德国要从哪里到哪里去。修德开车，穿过座座山冈和森林。他问我：

"你喜欢德国哪个古典音乐家？"

"贝多芬。"我说。

"为什么？"他问。

"不只高峰，峰上还有大平原！"我答。

"哼得出九个曲子中几个曲子？"修德问。

"都会！"我答。

"还有什么？"他问。

"你问什么？"我问。

"小曲子。"他说。

我哼了一首"快板"钢琴练习曲。

他为难了。这曲子可能他没听过。拿不定我这个中国人是否在信口瞎编，若真是赝品山寨版，指出来岂不伤了我的自尊心？

猜猜这个德国聪明鬼怎么办？

他说："重来一遍。"是的，作假哪能重来？

曲子的节拍变化多端，休止符敏锐非常，非神人贝多芬，黄永玉哪作得出来？

他笑了。

艾丽嘉应该记得这场小演出。

二〇一七年七月一日于太阳城

204

物质还原

我说我那个妈真行。她活着的时候，我曾经问过她：

"妈，你今年多大了？"

"跟润之同年。"她说。

"你见过他？"我问。

"嗯！"她答。

我那时多蠢！"文革"过了不少日子了，该乘机多问她一些事。什么时候入的党？怎么入法？谁介绍的？"文革"两次关进班房，审问你些什么？……还可以再找些有意思的事问她。现在想起来，一切都来不及了。

她的牙齿一颗没掉，胃口特别好，精神特别之足，那时候大家都穷，如果多寄点钱给她，肚子油水足一点，起码能活到九十多或一百多岁。

她的思想十分开通：

"我喜欢火葬，干干净净，省地方、省心。"

她逝世之后，遗憾的是在家的弟弟孝心太重，没按她的想法办，并且千辛万苦从清浪滩盘回父亲的遗骨，把两老口合葬在屋背后的山上。

世界至今对于火葬还不习惯。

我对于葬仪的知识，除日本的"楢山节考"之外，几乎跟大家一样，或者多一点。比如"崖葬"、"水葬"、"天葬"、东北小兴安岭森林地带亲眼碰见死了的小孩挂在树枝上之类……

我从小至今，不太把死亡放在心上，只是有过一次伤心。

大概是一九四一年、四二年前后，我在福建福清县一个剧团待过。一天跟同龄的团员好友颜渊生到四十里外（？）一个名叫"东张"的乡下去探望一位戏剧界资深的朋友陈津汉，（长话短说）回城的时候，我建议不绕回还的山路而直接从东西方向山岭上走回去。据说这一道起起落落的山脉两年前跟日本军队有个惨烈的战斗。"去看一看！"颜渊生同意了。

我们一直从东西向的山脊小路上下走着，忽然一颗雪白的骷髅头横在眼前，我们惊呆了。

绕了两圈，我跪下来捧起他。

"救护队怎么把他漏了？"

让他一个人留在山峰顶上，让风吹，让雨淋、太阳晒，每天晚上月亮和星星陪着，他姓甚名谁？哪里人氏？……

右前方有座大石头。我们把他安放在可以挡风雨的缝隙里。

该讲点什么呢？面对着他，一句话也讲不出。想到我们这一分别，世上就永远留他一个人在这里了……

回来之后我写了一封长信给妈妈。妈妈回信说几天都睡不着……

这际遇，眼泪，不济事的。

"文革"后期，我随中央美术学院下放石家庄部队劳动三年，曾经到火葬场搬过一次骨灰。

是一布袋一布袋的东西。运回场地，堆起来有两层楼高，像一座小金字塔。我们种了很多水稻，这东西很肥田，种出的稻谷颗粒又大又油，大家吃过自己种出的稻米两年。

我们这个世界是个很实际的世界。人死了之后愿意送火葬场的，家人取回来的骨灰只是一小包圣洁珍重的纪念品，不是全部。你要那么多干什么？都运回来你往哪里放？

所以我自己有个打算，遗嘱上一定要写得明明白白，死了之后给我换上最不值钱的衣服，记得剥下左手腕上的手表，家人和亲戚朋友送我到火葬场，办完手续交了费上车回家，一齐到家里喝杯咖啡或茶。一点骨灰纪念品都不要，更谈不上艺术骨灰瓷罐和黄花梨骨灰盒。

试问，你把我骨灰带回家干什么？好好一间客厅、一间卧室放这么一个骨灰盒煞不煞风景？阴风惨惨。儿女说不煞；孙子孙女说不煞；重孙子孙女呢？他们知不知道这盒子里头装的什么鬼玩意儿？分家呢？怎么分？有心的说，找个地方挖个洞埋了吧！到时候那地方搞旅游，修飞机场，弄公共厕所……

所以，全尾全须交给火葬场什么都不带回来最是妥当。

当然，我最大的后顾之忧是有人舍不得把我送火葬场而偏要把我装进棺材深埋泥坑里，地面上再弄些神乎其神的手脚，花岗岩、大理石，刻上狗屁捞糟的言不由衷的表扬文章。正如菲尔汀先生在《汤姆·琼斯》第八章描写碧姬小姐所说的：

"一个女性脸红若没人看见，她就等于根本不曾脸红。"

我从来脸皮厚，对我来说，不是脸红问题，我困守泥坑，动弹不得，破口骂娘他们也听不到。直到百年、千年以后，渊博的考古学家把我挖出来，经过多种仪器测验得出的结论是：

"这个人虽然脸皮厚，由于地面多角度的强烈刺激，百千年至今脸上还常常透出蚩尤之色。"

一个人，死了就死了，本是很自然的事，物质还原嘛！却喜欢鼓捣灵魂有无的问题。要是真有灵魂，那可能比活在世上自在多了！遨游太空，见到好多老熟人，爱说什么就说什么，爱到什么地方就到什么地方，连汽车飞机钱都省了。顺这个道理说，全尾全须送火葬场的应该比埋进土里的自由得多吧？比死了之后还要过集体生活的当然更不用说了！

讲一个解放前的老笑话。

老华侨夫妇回国过海关，检验行李。

"这是什么？"检查员问。

"玻璃丝袜。"华侨答。

"玻璃还能做丝袜？瞎扯！"

"这是什么？"检查员问。

"巧克力。"华侨答。

"干什么的？"检查员问。

"吃的。是一种糖。"华侨答。

"毒品吧？"检查员问。

"甜的，我吃给你看！"华侨答。

找开一个木盒子，很多粉末，检查员抓了一把放进嘴里："这是什么？"

"我爹的骨灰。"华侨答。

二〇一三年十二月六日于万荷堂

"我想不到的长寿秘诀"

"阁！阁！阁！"有人敲门。

"哪位？"

"我！"

"我是谁？"

"我是我！"

"门没锁，进来吧！"

一个胖男子，三十多岁，全身意大利名牌打扮：莫斯奇诺套装、杜嘉班纳领带、菲拉格慕皮鞋，笑眯眯地夹着一个费雷办公手提袋。

"你有事该先跟我女儿电话联系！"

"这事跟令嫒一点关系都没有，我专找你！"

"你亲眼看见我现在在画画，你骚扰了我！"

"我的工作性质从来不考虑这类问题。"

"那你想干什么？"

　　"带你走！"

　　"带我走到哪里去？你什么单位的？拿证明我看看！"顺手去摸桌子上的大钉锤。

　　"哈哈！没用的，你准备拿钉锤敲我脑袋是不是？你傻了是不是？我们之间不存在反抗的问题，也没有商量的余地。我是死神，你的时候到了，今天我来带你走！"

　　"你哈哈，我也哈哈，我告诉你，我从小就不怕鬼，读小学的时候，学校背后就是满满几坡的乱坟岗子，我跟几个同学在里头玩到天亮舍不得走，追那些飘来飘去的蓝鬼火。你讲你是死神，我告诉你我晚上做梦碰见鬼，都是我追他，追着了按住'哈'他的痒。

　　"你吓不倒我，也骗不到我。要钱，不给；要画，老子拿钉锤敲你。你不自己想想，死神有穿意大利名牌货四处招摇吓人的吗？最好你给老子快滚，要不然老子把门一锁，狠狠地拿钉锤揍你！"

　　"哈哈哈"死神选了一张舒服的沙发靠下了："我说你才是天下第一傻大帽儿。都二十世纪末了，世界进步得那么大，科学发展得那么快，你居然还相信死神仍然穿着但丁时代、唐宋元明时代的服装。说件不怕你笑话的事，贱内今年夏天还特别在法国巴黎香榭丽舍铺子里买了一套用料不到三寸的游泳衣，花了我五千美元，让我心痛好几天。"

"那我明明白白告诉你，你露个真面目让我相信。"

"你真不怕？嗳！我想我在这个地方还是不露出真容为上，我让你摸一摸我的手，好吗？"

"摸手有什么了不起？"

"我问你，人正常体温是三十七度，我的温度说出来有点难为情：'零下四十度'，跟你们小兴安岭大森林的冬天差不多。（小兴安岭比大兴安岭大）我让你用触觉而不是用视觉来认识我是一种安全措施。

"你并不太懂得世界。你以为鬼都是人死之后变的。你们人总是爱把概念弄得颠三倒四。我举个小例子给你听你就明白了：白蚂蚁千千万万活在自己的世界里，它们认为死后会变成白蚂蚁鬼。它们不知道它们的世界之外还有犰狳和穿山甲（还有人一时的恶作剧和研究）在毁灭它们，决定它们的生死。它们的死亡意识里只有自己塑造出来的白蚂蚁形象鬼。

"你以为我们的形象是按照你们的形象创造的这种无知的估计，扩大了你幼稚浅薄的范围。

"上帝塑造夏娃和亚当只是一时的高兴，正如你们到外国去了一趟的那些年轻雕塑家并非按照自己的形象做出的现

扯旗

213

代派雕塑一样，即兴之作而已。 真以为上帝按照自己的形象
创造人，那才傻咧。"

胖子说到这里，让我用手指头闪点了一下他的手背。果
然一阵穿心孤寒之痛从手指传向全身。

胖子问："如何？"

我点了点头，心想："我他妈这下真见了鬼！"

胖子从沙发站起，转过身来换了话题：

"你这幅画几时才画得完？"

"你看，就是你耽搁了，要不然早就画完了。"

"再往下画要拖多久？"

"最多十分钟的事。"

"那我等十分钟。"

"什么意思？"

"我特别喜欢这幅画，我决定收购！说吧，多少钱？"

"你买画干什么？"

"你以为我们除生死行业之外就没有业余爱好了？"

"我哪管得你那么多事。不过话要先讲清楚，我卖画不
收冥币，要真正的中国人民银行的人民币。"

"开玩笑！你怎么这样讲话。你看我是这种人吗？"

"二十万！"

"二十万？数目大了一点吧！"

"良心钱，要不要随你。你岂有此理之至，三寸布的游泳衣五千美元你眼睛都不眨一下！"

"好，好，二十万就二十万，我手边没带，画我先拿走，钱等下叫人送来。"

"嗳，嗳！叫谁送？你说叫谁送来？"

"我们这么大的机关你还怕没人送？别担心收不到钱。拜拜！您啦！"

胖子卷起那张画，一阵阴风走了。

这一走直到现在。一九八〇年的事，那时我还没到六十岁。

为那幅画，他连我的命都不要了。

这正好用得上《边城》末尾那两句话：

"这个人也许永远不回来了，也许明天回来。"

"永不回来"是梦想，我只怕他换人。

二〇一八年十二月七日于太阳城

水、茶叶和紫砂壶

水、茶叶和壶的讲究，我懂得很少。

从小时起，口干了，有水就喝水，有茶就喝茶。

我最早喝的茶叶，"糊米茶"。家人煮饭剩下的锅巴烧焦了放进大茶壶里，乘热倒进开水泡着，晾在大桌子上几个时辰，让孩子们街上玩得口渴了回来好喝。

喘着气，就着壶嘴大口地喝，以后好像再没有过。

据说这"糊米茶"是个好东西，化食，是饭变的，好亲切。

小时见大人喝茶。皱着眉头，想必很苦，偷偷抿过一回，觉得做大人的有时也很无聊不幸。

最早觉得茶叶神奇的是舅娘房里的茉莉花茶。香，原来是鼻子所管的事，没想到居然可以把一种香东西喝进口里。

十二岁到了福建跟长辈喝茶，懂得一点岩茶神韵，从此一辈子就只找"铁观音""水仙种"喝了。

最近这几十年，习惯了味道的茶叶不知到哪里去了。茶叶们都乱了方寸，难得遇上以前平常日子像老朋友的铁观音铁罗汉水仙种了。

眼前只能是来什么喝什么，好是它，不好也是它。越漂亮的包装越让人胆战心惊。茶叶的好不好要由它告诉你的为准，你自己认为好的算不得数。这是种毛病，要改！要习惯！

我喝茶喜欢用比较大的杯子。跟好朋友聊天时习惯自家动手泡茶倒茶。把普通家常乐趣变成一种特殊乐趣，旁边站着陌生女子，既耽误她的时光也搅扰我们的思绪话头，徒增面对陌生女子的歉然。

我一生有两次关于喝茶的美好回忆：

一九四五年在江西寻邬县，走七十里去探访我的女朋友（即目下的拙荆），半路上在一间小茶棚歇脚，卖茶的是一位严峻的老人。

"老人家，你这茶叶是自家茶树上的吧？"

"嗯……"

"真是少有，你看，一碗绿，还映着天影子。已经冲三次开水了，真舍不得走。"

"嗯……"

"我一辈子也算得是喝过不少茶的人，你这茶可还真是少见。"

"嗳！茶钱一角五。天不早了，公平墟还远，赶路吧！你想买我的茶叶，不卖的。卖了，底下过路的喝什么？"

六十年代我和爱人在西双版纳待了四个月，住在老乡的竹楼上。

老奶奶本地称做"老咪头"，老头子称做"老波头"。

这家人没有"老波头"，只有两个儿子，各带着媳妇住在另两座竹楼上。

有一天晚上，"老咪头"说要请我们喝茶。

她有一把带耳朵的专门烧茶的砂罐，放了一把茶叶进去，又放了一小把刚从后园撷下的嫩绿树叶，然后在熊熊的炭火上干烧，看意思她嫌火力太慢，顺手拿一根干树枝在茶叶罐来回搅动，还嫌慢，顺手用铁火钳夹了一颗脚拇指大小红火炭到罐子里去，再猛力地用小树枝继续搅和。这时，势头来劲了，罐子里冒出浓烈的茶香，她提起旁边那壶滚开水倒进砂罐里。

罐子里的茶像炮仗一样狠狠响了一声，登时满溢出来，她老人哈哈大笑给我们一人一碗，自己一碗，和我们举杯。

这是我两口子有生以来喝过的最茶的茶。绝对没有第二回了。

关于水。

张岱《陶庵梦忆》提到的"闵老子茶"某处某处的水，我做梦都没想过。我根本就不懂水还有好坏。后来懂得了一点点。

上世纪五十年代我在版画系开始教学的时候，好像东欧的留学生都在版画系学木刻，有个捷克学生名叫贝雅杰的和我来往较多，不少有趣的事这里就不说了，让我印象深刻的是他口渴的时候就旋开龙头喝自来水，我制止他生水不可喝时，他却告诉我北京的自来水是最卫生的。那时候中国还不时兴矿泉水，这个知识由外国留学生反转过来告诉我无疑是一个震动。是不是北京的自来水现在仍然可以旋开龙头代替娃哈哈，那我就不敢说了。几时可以，到几时又不可以，这课题研究起来还是有意思的。

就我待过的地方的水，论泡茶，我家乡有不少讲究的水。杭州苏州的茶水古人已经吹过近千年，那是没有说的。还不能忘记济南。至于上海，没听朋友提过，起码没人说它不好。广州，条条街都有茶馆，有那么多人离不开茶，不过就我的体会，它的水没有香港的好。两个地方的茶泡起来，还是香港的水容易出色出味。人会说那是我们广东东江的水，是这么回事。不过以前东江没去水的时候，香港的水泡茶也是很出名的。

小時見大人喝茶，皺着眉頭想
必很苦，偷偷呡過一回，覺得做大人的
有時也很辛苦。

最早覺得茶葉神奇的是聞
娘房裡的茉莉花茶，香，原來是鼻
子所營的事，沒想到居然可以把一
種香東西喝進口裡。

十二歲到了福建跟長輩喝
茶，懂得一點嚴茶神韻，從此一輩
子就只找「鐵觀音、水仙」搭喝了。

最近這幾十年，習慣了味道的
茶葉不知到哪裡去了，茶葉們都亂
了方寸，難以遇上以前平常日子像老

水·茶葉和紫砂壺

黄永玉

水、茶葉和壺的講究，我懂得很少。

從小時起，口乾了有水就喝水，有茶就喝茶。

我最早喝的茶叶，「糊米茶」。家人煮飯剩下的鍋粑燒焦了投進大茶壺裡，乘熱倒進開水泡着，晾在大桌子上幾個時辰，讓孩子們街上玩累了口渴了回來好喝。

端着氣，就着壺嘴大口地喝，以後好像再没有過。

故乡在我小时候煮饭都用河水，街上不时听到卖水的招呼声。每家都有口大水缸，可以储存十几担水，三两天挑满一次。泡茶，一定要用哪山哪坡哪井的好水，要专门有兴趣的好事之徒去提去挑回来的。

我们文昌阁小学有口古井名叫"兰泉"，清幽之极，一直受到尊重。也有不少被淹没的井，十分可惜，那时城里城外常有人在井边流连，乘凉讲白话。

乡下有墟场的日子，半路上口渴了，都清楚顺路哪里有好井泉，喝完摘一根青草打个结放回井里表示多谢。

习俗传下来有时真美！

我家里有一把大口扁形花茶壶，是妈妈做新娘时人送的礼物，即是前头讲的冲糊米茶的那把。用了好几代人，不知几时不见了的？

爸爸有时候也跟人谈宜兴壶，就那么几个人的兴趣，小小知识交流，成不了什么气候。

也有人从外头回来带了一两把宜兴壶，传来传去变成泥金壶，说是泡茶三天不馊，里头含着金子……

文昌阁小学教员准备室从来就有两把给先生预备的洋铁壶，烧出来的开水总有股铁锈味，在文昌阁做过先生的都会难忘这个印象，不知道现在还用不用洋铁壶烧开水泡茶。

这几年给朋友画过不少宜兴壶，他们都放在柜子里舍不得拿出来泡茶，失掉了朋友交情的那份快乐。傻！砸破了，锔上补钉再放柜子欣赏做纪念不也一样吗？

在紫砂壶上画水浒人物是去年和朋友小柳聊天之后就手兴趣作出的决定，也就当真去了宜兴。记得一个外国老头曾经说过：

"事情一经开始，就已完成一半，底下的一半就容易了。"

我很欣赏他这句话。

仅仅是因为年纪大了，找点有趣的事做做而已。

长天之下，空耗双手总是愁人的。

二〇一七年五月三十一日清晨

别吓着机器

前几天看到个短消息，一百三四十年的柯达公司停业了。说得清清楚楚，不是倒霉，不是垮台，不是跟人闹脾气，是自动不干。

开创人是乔治·伊斯曼先生，他发明照相的乳剂配方，干版和胶片和以后的胶卷，柯达盒式照相机，勃朗宁盒式照相机。

这种盒式勃朗宁有句广告话：

"只要手指头按一按！"（这句话百多年一直按到现在）

这是一九〇〇年的事。

一九三七年四月四日儿童节在长沙，家父三块多钱买了部这东西送我。一直带在身边。六月份跟家二叔到了厦门，七月份抗战开始。

一九四五年抗战胜利，我在江西寻乌县（毛主席写寻乌县长冈乡考察报告的那个寻乌县）。

一九四六年在广州，把这架伴随我八年苦难的小黑盒子转送给妻子的弟弟阿川，再由他用胶布粘补裂缝，不晓得又用上多少年……

所以我记得住柯达公司，也没忘记乔治·伊斯曼先生。每次想到他们，仿佛闻得到一种文化历史的香气。

这类消息并没有让我惊慌失措，也没听见别人在幸灾乐祸，只是让人温暖地翻阅历史文化大书的某一页而已。

不过，我仍然觉得这是个不小的文化动静。有了柯达公司与乔治·伊斯曼先生的发明，才有办法把世界这一百多年来的大事小事都活生生记录下来，让人们的眼睛亲自看到历史。

举个好玩的假定：要是早两千多年，由秦朝的李斯或秦始皇、唐朝的唐太宗或吴道子、宋朝的张择端，或是历朝历代的史官们发明了摄影技术而不是竹简、木牍记录本朝野万端杂事留给后世，让我们电影一样看到当年历史人物真身活动的记录，该有多妙！（当然也有点害怕。）

把这种梦想缩回现实，乔治·伊斯曼先生这一百多年记录功劳也足够可以的了。

所以我想说：乔治·伊斯曼先生和他的柯达公司有点"伟大"，不晓得可不可以？

How are you ?

柯达公司停止活动了，"潇洒！"。

做生意的看准形势，玩到这种水平还真不易。

世界上常发生这类换位变化。自然换位和社会换位。也让我想到木板拖鞋问题。

我是在闽南长大，在广东成年的。对于穿木拖鞋相当习惯。如果不上班，不开会，不访友，在家大都穿它。闽南厦门，泉州人称它作"茶（柴）枷"（"枷"这个字用得很勉强，原应是双音字，有个"K"音当头）。广东的广州，香港一带称作"莫枷"（上声）（木枷，"枷"也是个双音字，也有个"K"音当头）。

广、闽两地人穿木拖板很自在，甚至套在脚上可以飞跑。打架时捏在手上当武器。

这东西从古就有，它跟脚的关系比内地人亲密得多。追究历史完全犯不着。

大街小巷，随处找得到为人急修木屐的小摊铺，大多牛皮带两边掉了钉子。你知道这三两分钱的生意，养活多少赖以为生的男女老少家口吗？

满街的"嗒啦！嗒啦！"木屐声，只到中夜能得片刻消停，真用得上萨都喇《满江红》那词："听夜声寂寞打孤城"。

谁能想象自从塑料拖鞋上市以来，那个万家钉屐小摊子从此打锣也找不回来了。

这类变化，市面上没发生过惊涛骇浪；怪谁也怪不着。能设想千百年习以为常的生活方式一下子不见了！达尔文的"演变"规律也来不及这么快。

上中学的时候就晓得上海有个林语堂先生，跟鲁迅先生有来往，英文好，爱讲滑稽话。后来到美国去了。写好多介绍中国文化的书。我看过一点，觉得大部分是写给外国人看的浅话。不耐烦看了。

后来听说他在发明中文打字机。几万汉字的打字机比二十六个字母的打字机发明难多了，心里产生了尊敬和佩服，也以为这事深感造难。

发明出来有什么用？能普及吗？贵吗？

再过一些时候才想起另外的问题：他不懂机械原理，"作用力等于反作用力"蒙昧跟发明热情打架，谁也熬不过谁。他没有多少本钱。做机器工艺容易烦躁，常会跟同伴吵架闹场合。

他没有机会享受成果的快乐，得到的只是饮恨。好不公道啊！天老爷！我见过那架结构非常复杂的成品照片屹立桌上，像一座巍峨的烈士公墓。

女儿在美国卫斯理大学读书的时候，听说体验过一年多语堂先生的打字机原理。

全世界一阵妖风刮起，飞沙走石——

新世界揭幕，电子芯片出现。

历史上流逝的汗水、眼泪、光阴、愿望、足迹都能找到去处，找到归宿。幼稚行为是开发的源头，甚至，甚至，看在文化分上，献一把鲜花给林语堂先生吧，别再嘲笑他那部中文打字机吧！

底下讲我耗费了大半辈子时光干的事。

"木刻"。

把一块画在木板上的稿子刻出来，挖掉不要的部分，留下要的部分。就这么简单。也教过学生这么做，不要听反了。

木刻艺术是跟着原木刻书籍版本正经大事演化出来的。

我年轻时候有幸拜识过老刻版匠的神圣工作，一字一字刻着某部分的某一页，某一行，某一颗字。天晓得他老人家哪年哪月哪天把这整部书刻出来？

谁计算过《四库全书》是由多少人刻出来的？中国历代所刻书籍能搭几条万里长城？要清楚，书的长城之下，一定也哭着孟姜女、杨姜女、熊姜女……

"一书功成万骨枯"啊！

我在报馆工作一段时期，熟悉印刷过程和机器，排字用铅字排版，用铅汁浇灌纸型，上印刷机印刷。机器一开动，松了一口大气。好轻松，好简单。好现代！好规模！

我十几年前去参观印刷厂。

单栋五层楼高的大厅装着三十米长，十五米高的机器。卷筒纸这头进，那头出来的彩色斑斓的书。自己往卡车上送，静悄悄像一群鱼。

楼上两男一女坐在电脑边，手指不停晃动。他们是楼下机器的司机。

楼底机器边站着三个人，也跟机器一动不动。

我对老板说："太安静了，你大叫一声试试！"

他说："不敢，会吓着机器。"

二〇一九年五月二十二日于北京

小朋友记事

大郎兄要出全集了。很开心，特别开心。

我称大郎为兄，他似乎老了一点；称他为叔，又似乎小了一点。在上海，我有很多"兄"都是如此，一直到最后一个黄裳兄为止，算是个比我稍许大点的人。都不在了。

人生在世，我是比较喜欢上海的，在那里受益得多，打了良好的见识基础。也是我认识新世界的开始，得益这些老兄们的启发和开导。

再过四五年我也一百岁了。这简直像开玩笑！一个人怎么就轻轻率率地一百岁了？

认识大郎兄是乐平兄的介绍。够不上当他的"老朋友"。到今天屈指一算，七十多年，算是个"小朋友"吧！

当年看他的诗和诗后头写的短文章，只觉得有趣，不懂得社会历史价值的分量，更谈不上诗作格律严谨的讲究。最近读到一位先生回忆他的文章，其中提起我和吴祖光写诗不懂格律，说要好好批评我们的话。

我轻视格律是个事实。我只愿做个忠心耿耿的欣赏者，是个不愿做奴隶的人（们）；我又不蠢；我忙的事多得很，懒得记那些套套。想不到的是他批评我还连带着吴祖光。在我心里吴祖光是懂得诗规的，居然胆敢说他不懂，看样子是真不懂了。我从来对吴祖光的诗是欣赏的，这么一来套句某个外国名人的话："愚蠢的人有更愚蠢的人去尊敬他。"我就是那个更愚蠢的人。

听人说大郎兄以前在上海当过银行员，数钞票比赛得了第一。

我问他能不能给我传授一点数钞票的本事！

他冷着脸回答我：

"侬有几伙钞票好数？"

是的，我一个月就那么一小沓，犯不上学。

批黑画的年月，居然能收到一封大郎兄问候平安的信。我当夜画了张红梅寄给他。

以后在他的诗集里看到。他把那张画挂在蚊帐子里头欣赏。真是英明到没顶的程度。

"文革"后我每到上海总有机会去看看他，或一起去找这看那。听他从容谈吐现代人事就是一种特殊的益智教育。

最后见的一面是在苏州。我已经忘记那次去苏州干什么的，住在旅馆却一直待在龚之方老兄家，写写画画；突然，大郎兄驾到。随同的还有两位千金，加上两位千金的男朋友。

两位千金和男朋友好像没有进门见面，大郎夫妇也走得匆忙，只交代说："夜里厢！夜里厢见！"

之方兄送走他们之后回来说：

"两口子分工，一人盯一对，怕他们越轨。各游各的苏州。嗳嗨：有热闹好看哉！"

"要不要跟哪个饭店打打招呼，先订个座再说，免得临时着急。"我说，"也算是难得今晚上让我做东的见面机会。"

"讲弗定嘅，唐大郎这一家子的事体，我经历多了！"之方兄说。

旋开收音机，正播着周云瑞的"霍金定私悼"，之方问怎么也喜欢评弹？有人敲门。门开，大郎一人匆忙进来：

"见到他们吗？"

"谁呀？"我不晓得出了什么事。

"我那两个和刘惠明她们三个！"大郎说。

"你不是跟他们一起的吗？"我问。之方兄一声不吭坐在窗前凳子上斜眼看着大郎。

"走着，走着，跑脱哉！"

大郎坐下瞪眼生气。龚大嫂倒的杯热茶也不喝。

"儿女都长大了，犯得上侬老俩口子盯啥子梢嘛！永玉还准备请侬一家晚饭咧！"

大郎没回答，又开门走了。

第二天一大早我上龚家，之方兄说：

"没再来，大概回上海了！"

之方兄反而跟我去找一个年轻画家上拙政园。

大郎兄千挑万挑挑了个重头日子出生：

"九一八"

逝世于七月，幸而不是七月七日。

二〇一九年六月十三日于北京

234

想

年轻时候读《陶庵梦忆》，里头夹着一篇《夜航船序》（是不是夹着《夜航船序》也有点糊涂了）。这两天楼上楼下找近版的《陶庵梦忆》，记得明明柜子里头有一两本的，也找不到了。原是想查一查是不是《陶庵梦忆》里真有《夜航船序》，其实有没有算不得和我要讲的事情有什么大关系。查清楚了，心里好过一点就是。

前几十年，几位老人家文章里提到过："可惜，《夜航船集》失传了，只剩下一篇《序》放在《陶庵梦忆》里。"解放后发现《夜航船集》老版本，而且印了出来。记得我也买到了一本看过。

想说的是，《夜航船序》里提到的一位和尚坐夜船的故事。这两天我脑子又出了不小的分歧。竟然是两个和尚坐夜航船，不晓得张岱先生那篇序写的是哪位和尚坐了他的"夜航船"？

一个人老了，很容易犯一种把回忆张冠李戴的毛病。

我还不太老的时候就有过这类罪过的案底，把自己一本画册送给五九年十大建筑总设计师张开济老兄的时候，夫人写成了袁荃猷（实际是王世襄老兄的夫人），后来我怎么具体道的歉已经记不起来了。

朱光潜先生送过一部重要的译作给我，看到扉页上居然写了"永玉、郁风贤伉俪惠存"的时候，我把书收藏得好好的，不让苗子老兄和郁风大姐看见。

张岱《夜航船序》老和尚的遭遇大致我还记得的。先回忆第一个：

其实文章不长，张岱夫子先阐述了一段人与学问的关系之后，才讲到船上的场景：

一批搭夜航船的老乡到一个什么地方去，其中还有一位老和尚和一位年轻知识分子大少爷。

大少爷仗着自己满肚子学问对大家正吹着很响的牛皮。同船人有些害怕，缩手缩脚蜷挤在船上。

老和尚向大少爷请教：

"孔夫子的学生澹台灭明，是一个人还是两个人？"

"你不看是四个字吗？当然是两个人。"大少爷说。

"那么尧舜是两个人还是一个人？"老和尚问。

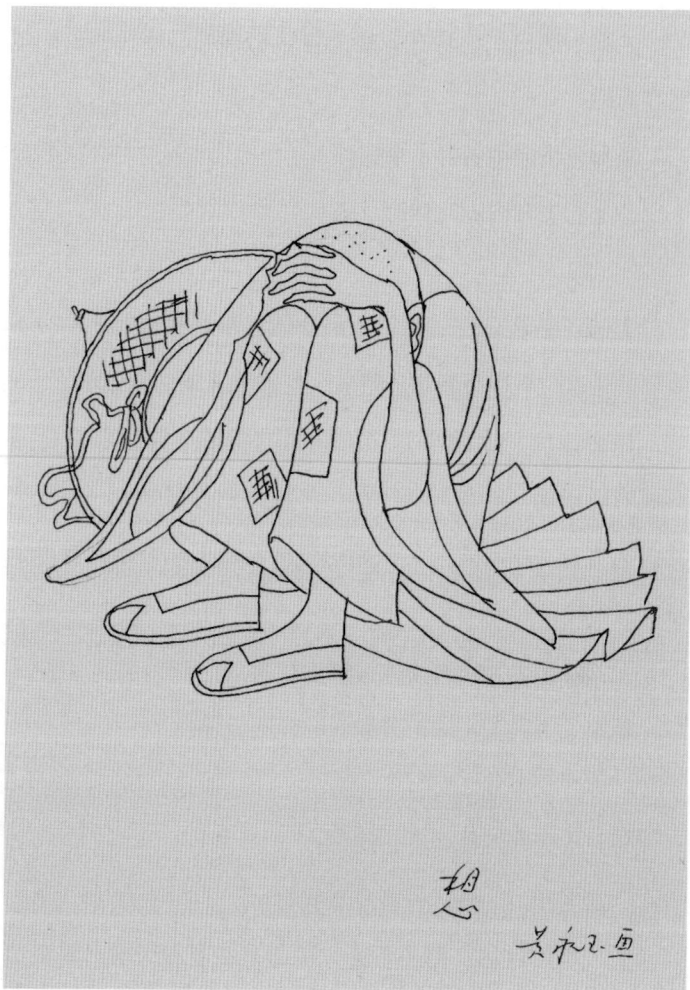

想

"你不看是两个字吗？怎么会是两个人？"大少爷回答。

"喔！明白了，现在我蜷了好久的脚可以伸一伸了！"老和尚说。

最后张岱向读者打了个招呼：

"小心老和尚随时伸脚过来！"

当然还是这只夜航船，还是这位老和尚和这批老乡。不一样的是这位大少爷新婚，带着一位非凡美丽的新娘子。

局面比前一个故事紧张，绷紧的新婚架势跟群众已经形成对峙局面。船在河面浮动。年轻夫妇占据好大一块地盘，并且成为意义中心之际，开始感觉被对面十几对眼光看得全身有点发痒。

尤其是那个又瘦又高微笑的老和尚。

新娘子生气了，她指着和尚的光脑袋说：

"你看我干什么？"

年轻丈夫问她什么事，她说：

"这老和尚一直、一直盯着我看！"

丈夫听了这话，那还了得？蹦起来在老和尚脑门狠狠给了一记"波子脑壳"。凤凰叫"波子脑壳"，还有个什么地方叫"爆栗"，北京话叫"给黑枣"，或"凿栗子，给猴钉儿"。

大家"哇"了一下都不再出声。

老和尚挨了这一下不能说不痛。他双手抱起头顶，埋在膝头里。

你不看老和尚，怎么知道老和尚看你？

天给老和尚一对眼睛，谁规定老和尚不准看东西？

你不让老和尚看，年轻和尚行不行？普通男人看行不行？不是和尚而是别的老头子看行不行？几岁到几岁可以看，几岁到几岁不可看？

隔多远看？三尺？六尺？九尺？九尺三？九尺五？

老和尚呀！你挨了打为什么一声不出？

这算不算违反了清规戒律？

你回庙之后，还跟不跟人讲这件事？

就在这时候，新娘子又对丈夫发话了：

"你看这老和尚多坏！看完了我，现在低着脑壳想我！"

是的，想比看还厉害。

写到这里，我猛然清醒。张宗子最后写过那句伸一伸脚的话，是属于前个老和尚的。后面老和尚的事，只是另外的老笑话方面的了。对不起。

二〇一九年九月十一日

爸爸们的沧桑

中国人叫母亲为妈妈，父亲为爸爸。

外国人的叫法也差不多，甚至有的完全一样。这令人觉得非常奇怪：相隔千山万水，千百年来哪能事先开会约好？

想来想去，其实用不着坐到苹果树底下就能弄清楚："妈妈"是吃；"爸爸"是拉。

人生最重要的两件事，吃进去，拉出来。一头若不顺，就出险象。尊敬的读者自己可以神会。

"妈妈"这两个字跟吃奶的关系；"爸爸"这两个字跟拉屁屁的关系。其中不存臧否意义。人们遇到危险，疼痛之际只喊"我的妈呀！"而从不叫"我的爸！"。豪强欺辱人时却会令他喊"爹！"不叫喊"妈！"，不太像严格的礼数之教。

世上最娇气可爱使性撒娇的小丫头，一旦长大结婚生子，你看她把孩子温柔地拥在怀里，那场面跟圣母玛丽亚有什么两样？世上李逵、鲁智深般鲁莽汉子，看到躺在摇篮里的婴儿，都会轻声细着嗓子跟孩子打招呼。全世界粗汉子不约而同，无须关照。

这些事，没有历史和社会规矩，是天性。

我在别的地方写过一位姓曾的小学同学曾宪文，他家在道门口拐弯处开了间榨米粉条的铺子，他们一家，爸爸、妈妈、哥哥、二姐和他每天早晨起来榨粉，好像轮着翻单杠一样，个个练得全身鼓筋，像卖武耍刀枪江湖把式。有一天不晓得什么原因，曾宪文和他爸吵起来，他爸过来当胸就是一拳，没想到曾宪文闪过，反手给了个硬铁满臂，爸爸倒在墙角起不来身。

曾宪文指着他爸鼻子骂道："我告诉你，你根本不是老子的对手！"没想到这句话让小小年纪的曾宪文全城扬了名："曾宪文打爹，不是对手！"成为朱雀城不朽的谚语。凡是碰到不够格的对手就说："曾宪文打爹。"

话是这么讲，当年实验小学左唯一先生要打他屁股的时候，他总是显得那么悲伤无辜，自己扛了条长板凳放在黑板旁边，一边哼哼一边脱下裤子挨打。打一板叫一声，吼天叫地，挨完预定数目的板了完事。

按理说，左先生的力气只够曾宪文他爸的三分之一怕还不到，顺手就能够将转左先生的脖子擒在长板凳上来他几板子的。他不敢，他尊师重道，观念太深。他爸他敢，先生他不敢。

他和他爸熟，和左先生隔了几重山。

说到这里，不禁想起启明先生以前写过的一篇文章，提到他看家乡绍兴戏的事。

戏的名字我忘记了，说的是戏一开场，一位矮白胡子小丑跑到台前对观众哀叹道："往常日子，我们打爹的时候，爹一跑我们也就不打了；现在我儿子打我，我跑了他还要追着打。你看，他来了！"按这位老头所云，爹这类东西原来是可以经常打打的。

我不以为然！

今天的世界好玩的东西有的是。打爹这玩意我不敢说以前的社会没有，也不敢断定以后的社会不会再来。只是不相信能够推广成娱乐性很强的社会活动。世界上如果当爹的都被打趴了，谁来养活一家老小？

既然通篇材料重心都偏在爸爸这方面，就往这方面写下去算了。意大利中部有个地方叫做"乌比诺"，一个名叫乔万尼·桑蒂的平凡画家在那里出生。他清楚自己的艺术修养远远超过自己的艺术技能。他并不气馁。一四八三年相当于明孝宗前后。他生了个儿子，取名拉斐尔。乌比诺跟佛罗伦萨、佩鲁贾三个地方恰好像个等边三角形。佩鲁贾有位大画家佩鲁吉诺很叫乔万尼·桑蒂佩服，他于是在佩鲁贾找一个地方住下来，在教堂里谋个壁画打杂工作，乘势跟佩鲁吉诺套近乎，成为好朋。好长好长一段日子，他才开口，向佩鲁吉诺开口，想让十四岁的儿子拉斐尔拜他为师。

佩鲁吉诺一见到这么有教养、有仪态、善良的拉斐尔，马上就答应了："天啦！他长得多美！"这是见面的第一句话："哎呀呀！你费了这么大的劲和我来往，原来是为了让儿子跟我做徒弟。其实你当天带他来，我也会马上答应的。"

拉斐尔跟佩鲁吉诺做了四年徒弟，到十八岁离开佩鲁贾到佛罗伦萨去。那是一五〇一年的事。

佛罗伦萨这时候谁在那里呢？列奥纳多·达·芬奇和米开朗基罗。

二十五岁的拉斐尔去罗马，帮教皇朱利利奥二世一直干到一五二〇年三十七岁逝世（相当于明朝嘉靖年）。

乔万尼·桑蒂为了帮儿子找师傅，像间谍特务忍着性子跟人去搭交情，做到这个份上，真是不枉做爸这个称号。

拉斐尔的遗体埋在罗马万神殿第一号神庵里，第二号才是皇帝爷和其他大人物。

几十年前，北京城有位姓王的读书人家，生了一群男女孩子，没有任何靠山地从容简朴过着日子。本人爱好点书法图画，也注意孩子们人格的培养，孩子们都濡染了正正当当的文化教养。我这话说起来普普通通。在北京城的生活中找户这种人家还真不易。我说的这个王家，主人名叫王念堂。我跟王家不熟，也没有过往来，只记得几十年前这王家的孩子之中的一个得了世界儿童画比赛的优美奖品。那时候，中国美术家协会刚正式进驻帅府园新盖的大厦不久，发奖的那天是由美术家协会展览部负责人郁风大姐主持，那个得奖的儿童名叫王明明，穿着一套齐整的衣冠接受了来自国外的精美纪念奖品。（我当时好像是美协的常务理事，分得了一些这类有趣的照片。）王念堂先生一辈子专注两件大事：培养、维护孩子群的高尚文化兴趣。保持全家十几口老老小小免受冻饿，并且一心一意地在艰难环境中让明明成为一个名副其实的画家。

这像个高树上的大鸟窝。十几只老老小小蹲挤在窝里嗷嗷待哺，王先生夫妇来回哺食居然还要考虑孩子们的艺术性和前途。听起来好像是讲笑话，实际上几十年的含辛茹苦，居然做到了。

知道王明明这个画家没有进过中央美术学院和其他美院，不是不想，很可能是不够格。他成熟在另一种非正统的艺术方式之中。这状况真鼓舞人。王明明为人和艺术成就都好，就不停被提拔做这个领导，那个领导。我有不少熟人都是因为人好和艺术成就做领导直到退休的。他们不做谁做呢？王家的事，讲到这里为止了。

最后讲一讲上海。

我脑子里存有不少上海爸爸们可歌可泣的逸事。有的是亲眼看到的，有的是听来的，有的是电视或报上看来的。这里写下的故事未必比上海本地人清楚，我连姓名都忘记了。上海是个音乐密度很高的地方。一位训练儿子拉小提琴的爸爸严格得要命，放一粒捆着小绳子的水果糖在儿子嘴里，另一端绳头紧紧捏在手上。两只耳朵和一双眼睛盯住儿子的手指头和提琴，只要出现一丝丝纰漏，马上抽出水果糖来训斥。

我的天！多少年前的事了！尊敬的小提琴家和尊敬的小提琴家的家人，我向你们两位请安致敬。想起你们两位，我就觉得人生多么灿烂温暖。

二〇一九年国庆节前夜于太阳城

图书在版编目（CIP）数据

不给他音乐听 / 黄永玉著. -- 北京：作家出版社，
2025.5 -- ISBN 978-7-5212-3537-1

Ⅰ. I267

中国国家版本馆CIP数据核字第2025RE5515号

不给他音乐听

作　　者：黄永玉
责任编辑：姬小琴
装帧设计：瞿中华
责任印制：金志宏
出版发行：作家出版社有限公司
社　　址：北京农展馆南里 10 号　　邮　　编：100125
电话传真：86-10-65067186（发行中心）
　　　　　86-10-65004079（总编室）
E-mail: zuojia@zuojia.net.cn
http://www.zuojiachubanshe.com
印　　刷：北京盛通印刷股份有限公司
成品尺寸：140 × 203
字　　数：150 千
印　　张：8
版　　次：2025 年 6 月第 1 版
印　　次：2025 年 6 月第 1 次印刷
ISBN 978-7-5212-3537-1
定　　价：65.00 元